小学统编教材入选篇目 + 小学课标推荐篇目 + 必背经典篇目

一天一首古诗词

秋

主　编：夫　子

编　委：陈俊杰　贺泽妮　刘　艳　毛　恋
唐海雄　唐玉芝　邱　武　王子君
吴　翩　曾婷婷　张　玲　周方艳
周晓娟

山东教育出版社

目　录

lì qiū

立秋

［宋］刘　翰[1]

rǔ yā tí sàn yù píng kōng
乳鸦[2]啼散玉屏空，

yì zhěn xīn liáng yí shàn fēng
一枕新凉一扇风。

shuì qǐ qiū shēng wú mì chù
睡起秋声[3]无觅处，

mǎn jiē wú tóng yuè míng zhōng
满阶梧桐[4]月明中。

注释

❶**刘翰**，字武子（一说武之），南宋时期的诗人和文学家，现存有作品《小山集》一卷。❷**乳鸦**：幼小的乌鸦。❸**秋声**：秋天西风吹得树木萧瑟作响的声音。❹**满阶梧桐**：据说在立秋时节，梧桐的叶子最先凋落。

译文

小乌鸦不停地鸣叫，等到它们的声音散去时，只有玉色的屏风空虚寂寞地立在那里。突然间起风了，秋风习习，顿觉枕边清新凉爽，就像有人在床边用绢扇在扇风一样。睡梦中朦朦胧胧地听见外面秋风吹动的声音，可是醒来去找，却什么也找不到，只见满台阶的梧桐叶沐浴在朗朗的月光中。

赏析

这首诗写诗人在立秋时节细致入微的感受，最大的特点是写出了夏秋之交时自然界的变化。全诗紧扣题意，构思巧妙。

立秋

立秋是农历二十四节气中的第十三个节气，也是秋天的第一个节气。从这一天开始，天高气爽，月明风清，气温逐渐下降，正如谚语所说：『立秋之日凉风至』，『早上立了秋，晚上凉飕飕』。

乐游原[1]

lè yóu yuán

［唐］李商隐[2]

xiàng wǎn yì bú shì
向晚[3]意不适[4]，

qū chē dēng gǔ yuán
驱车登古原。

xī yáng wú xiàn hǎo
夕阳无限好，

zhǐ shì jìn huáng hūn
只是近黄昏。

注释

❶ **乐游原：**古时长安城南的游览胜地，可以眺望整个长安城。❷ **李商隐**（约813—858），字义山，号玉谿（xī）生，又号樊（fán）南生，唐朝晚期的著名诗人。他的诗构思精奇，与杜牧齐名，后世称他们为“小李杜”。❸ **向晚：**将近傍晚。向，临近。❹ **意不适：**情绪不好，心里不舒畅。

译文

傍晚时分，心中有些烦闷，驾车登上郊外的乐游原游玩。灿烂的夕阳虽然无限美好，只可惜已经接近黄昏。

赏析

这首诗是诗人为排遣“意不适”的情绪而登上乐游原，看到美丽的夕阳之景而发出的感慨。“夕阳无限好，只是近黄昏”是深含哲理的千古名句，道出了诗人对当时整个大唐危机暗潜、风雨欲来的慨叹，抒发了诗人内心无奈的感受。

乐游原

乐游原和其他名胜一样，经常出现在文人的诗词中，这缘于它宜人的风景和悠久的历史。据史书记载，汉宣帝时，乐游原被称为乐游苑。一次，汉宣帝和许皇后出游至此，迷恋于这里绚丽的风光，以至于“乐不思归”。后人在此处建有乐游庙，自此，“乐游苑”就被称为“乐游原”了。

qiū cí

秋 词

［唐］刘禹锡[1]

zì gǔ féng qiū bēi jì liáo
自古逢秋悲寂寥[2]，

wǒ yán qiū rì shèng chūn zhāo
我言秋日胜春朝[3]。

qíng kōng yí hè pái yún shàng
晴空一鹤排[4]云上，

biàn yǐn shī qíng dào bì xiāo
便引诗情到碧霄[5]。

注释

❶ **刘禹锡**（772—842），字梦得，唐代著名政治家、思想家、诗人，有“诗豪”之称。❷ **寂寥：** 冷清萧条。❸ **春朝：** 春天。❹ **排：** 推开，有冲破的意思。❺ **碧霄：** 蓝天。

译文

自古以来，每逢秋天，很多人会感到悲凉寂寥，我却认为秋天要胜过春天。万里晴空上，一只鹤凌云飞起，就引得我的诗兴到了蓝天之上。

赏析

这首诗与其他感怀秋日的诗截然不同，它以最大的热情讴歌了秋天的美好。诗人开篇即以议论起笔，断然否定了前人悲秋的观念，表现出一种激越向上的诗情。第三、四句中，诗人抓住秋天“一鹤排云上”这一别致的景观，展现了秋高气爽的开阔景象。

鹤

鹤是古人历来特别喜欢的一种吉祥动物，代表着长寿，又被称为『仙鹤』，有着非同一般的寓意。仙鹤在古代是『一鸟之下，万鸟之上』，地位仅次于凤凰。

chū qiū
初 秋

［唐］孟浩然[1]

bù jué chū qiū yè jiàn cháng
不觉[2]初秋[3]夜渐长，

qīng fēng xí xí chóng qī liáng
清风[4]习习[5]重[6]凄凉[7]。

yán yán shǔ tuì máo zhāi jìng
炎炎暑退茅斋静，

jiē xià cóng suō yǒu lù guāng
阶下丛莎[8]有露光[9]。

注释

❶ **孟浩然**（689—740），名浩，字浩然，盛唐时期的山水田园派诗人，与王维齐名，合称“王孟”。❷ **不觉**：不知不觉。❸ **初秋**：秋季开始的一段时间。❹ **清风**：清凉的风。❺ **习习**：微风吹的样子。❻ **重**：再次。❼ **凄凉**：此处指凉爽之意。❽ **莎**：多年生草本植物。❾ **露光**：指露珠。

译文

不知不觉就初秋了，夜也渐渐长了，清凉的风缓缓地吹着，人感到凉爽多了。炎酷夏天的热气终于消退，房子里也安静了，台阶下的草丛中出现了点点露珠。

赏析

这首诗展现了诗人在初秋时的一些感受。夜渐长，风渐凉，暑气已退，房间里都安静了不少（秋天虫儿们的叫声减少了），植物上也有了露珠。全诗语言不事雕琢，清淡简朴，感受亲切真实，生活气息浓厚。

茅斋

古人隐居时多以茅草盖房，茅斋就是这种用于隐居的房子的别称。诗人杜甫在四川成都居住的茅斋就叫『杜甫草堂』。杜甫先后在此居住近四年，创作的诗歌流传至今的有两百余首，尤为著名的有《茅屋为秋风所破歌》。

xiāng jiàn huān

相见欢

［南唐］李　煜[1]

wú yán dú shàng xī lóu， yuè rú gōu。

无言独上西楼，月如钩。

jì mò wú tóng shēn yuàn suǒ qīng qiū。

寂寞梧桐深院锁清秋[2]。

jiǎn bú duàn， lǐ hái luàn， shì lí chóu，

剪不断，理还乱，是离愁[3]，

bié shì yì bān zī wèi zài xīn tóu。

别是一般[4]滋味在心头。

注释

❶ **李煜**（937—978），字重光，初名从嘉，号钟隐、莲峰居士，五代南唐国主，国破后被俘至汴京，后人称之为“千古词帝”。❷ **锁清秋：** 深深地被秋色所笼罩。❸ **离愁：** 指被迫离开故国的愁情。❹ **别是一般：** 另有一种。

译文

默默无言，孤孤单单，独自一人缓缓登上空空的西楼。抬头望天，只有一弯如钩的冷月相伴。低头望去，只见梧桐树寂寞地孤立院中，幽深的庭院被笼罩在清冷凄凉的秋色之中。那剪也剪不断，理也理不清，让人心乱如麻的，正是亡国之苦。那悠悠愁思缠绕在心头，又是另一种无可名状的滋味。

赏析

这首词的上阕选取典型的景物为感情的抒发渲染铺垫，下阕借用形象的比喻委婉含蓄地抒发真挚的感情。全篇情景交融，感情沉郁，表现了词人深沉的亡国之悲与去国之痛。

梧桐

梧桐是中国传统文人的情感树。古老的《诗经》里，就有关于梧桐的记载。古人为什么选择这种树来吟诗作赋？也许与梧桐树干高叶阔，雨滴落上去淅淅沥沥，容易引起人的情思有关。

立秋食俗知多少?

立秋节气是秋季开始的标志。古人在每个节气都有相关的食俗，立秋也不例外。不过，地域不同，食俗也不同。虽然食俗各异，但都有一个共同愿望，那便是为了身体更健康。那么你知道多少立秋的食俗呢?

南京："啃秋"

在南京，吃西瓜啃秋的习俗在古时就有了。传说明代时，有一年，南京城里许多人长了瘌痢疮，有人效仿庐州府崔相公之女吃西瓜让瘌痢落疤自愈。

此后，人们在入秋的这一天多吃西瓜，以防秋燥，久之形成习俗。民国时期出版的《首都志》记载："立秋前一日，食西瓜，谓之啃秋。""啃秋"也有迎接秋天到来之意。

北京：贴秋膘

贴秋膘的习俗来源于"苦夏"。清朝时，老北京流行在入伏这天"上秤"，将体重与立夏时对比来检验肥瘦，瘦了当然需要"补"。补的办法就是"以肉贴膘"，首选食物是酱肘子，"增肥"效果明显。

山东：吃"渣"

秋天是胃肠道疾病的高发期。山东莱西地区流行立秋吃"渣"，这是一种用豆末和青菜做成的小豆腐，此菜特点是清香鲜嫩。

诗路小憩

诗词大会

一、梧桐是古诗词中常见的一个意象，试着写出几句关于梧桐的诗句。

1. ________________，________________。

2. ________________，________________。

3. ________________，________________。

4. ________________，________________。

5. ________________，________________。

二、从下面的十六宫格中各识别出一句古诗词。

言	逢	空	春
多	我	夏	散
声	朝	日	凉
秋	觅	风	胜

桐	月	初	院
西	楼	寂	露
梧	寞	断	锁
清	不	深	秋

一	新	不	扇
枕	夏	觉	茅
凄	凉	静	凉
一	炎	初	风

莎	寥	夕	露
晴	空	下	阳
丛	有	碧	好
寂	光	霄	阶

xún yǐn zhě bú yù
寻隐者[1]不遇[2]

［唐］贾　岛[3]

sōng xià wèn tóng zǐ
松下问童子[4]，

yán shī cǎi yào qù
言[5]师采药去。

zhǐ zài cǐ shān zhōng
只在此山中，

yún shēn bù zhī chù
云深[6]不知处[7]。

注释

❶ **隐者**：隐士，古代隐居在山林中的人。❷ **不遇**：没有遇到。❸ **贾岛**（779—843），字阆（làng）仙，自号“碣（jié）石山人”，唐代诗人。人称“诗奴”，与孟郊共称“郊寒岛瘦”。❹ **童子**：小孩子。这里指“隐者”的弟子、学生。❺ **言**：说。❻ **云深**：指山中云雾弥漫。❼ **不知处**：不知道在什么地方。

译文

我在松树下向一个书童打听隐者的下落，他说师父采药去了。只知道他就在这山里，可是云雾弥漫，不知道他究竟在哪儿。

赏析

这首诗虽只有二十字，却既有环境、人物，又有情节，内容极为丰富。诗中既表达了诗人对隐者的敬慕之意，也突出了诗人“寻隐者不遇”的怅惘之情。

郊寒岛瘦

在唐朝有两位风格极具特色的诗人，一位是孟郊，一位是贾岛。前者的诗体现出清奇生僻的特色，后者的诗体现出瘦硬的风格，两人都是著名的苦吟诗人，作诗极重字句推敲。宋代著名文学家苏轼便以“郊寒岛瘦”来概括评价二人诗风。

shǔ dào hòu qī

蜀道后期[1]

［唐］张　说[2]

kè xīn zhēng rì yuè
客　心[3]争　日　月[4]，

lái wǎng yù qī chéng
来　往　预　期　程。

qiū fēng bù xiāng dài
秋　风　不　相　待，

xiān zhì luò yáng chéng
先　至　洛　阳　城。

注释

❶ **蜀道后期：** 诗人出使蜀地，未能按照约定好的日期回家。❷ **张说**（667—730），字道济（一说字说之），唐代文学家、诗人、政治家。❸ **客心：** 客居外地者的心情。❹ **争日月：** 同时间竞争。

译文

客居思归的人总想早日回家，事先已计划好往返的日程。秋风性急，竟然不肯等待，抢先回到了我的家乡洛阳城。

赏析

此诗前两句简明扼要地表达了诗人出使蜀地归心似箭的心情。诗人家在洛阳，与出使地相隔颇远，相比出使蜀地的紧张行程，诗人回家的心情更急切。诗的后两句甚是高明，把秋风拟人化，想到无情的秋风先于自己到家，家人久盼自己却未归，那种烦恼自在不言中。

洛阳

洛阳是历史文化名城，也是中国四大古都之一，世界四大圣城之一，自古就有“天下之中”“十省通衢”的美誉。因洛阳而生的诗词歌赋不胜枚举，如“洛阳亲友如相问”“洛阳城里见秋风”等。

qiū yè jiāngxiǎo chū lí mén yíngliáng yǒu gǎn
秋夜将晓[1]出篱门[2]迎凉有感

[宋]陆　游[3]

sān wàn lǐ hé dōng rù hǎi
三万里河东入海，

wǔ qiān rèn yuè shàng mó tiān
五千仞岳[4]上摩天[5]。

yí mín lèi jìn hú chén lǐ
遗民[6]泪尽胡尘[7]里，

nán wàng wáng shī yòu yì nián
南望王师[8]又一年。

注释

❶**将晓：**快要天亮。❷**篱门：**竹子或树枝编的门。❸**陆游**（1125—1210），字务观，号放翁，南宋著名的爱国诗人。❹**五千仞岳：**指西岳华山。五千仞，夸张手法，形容山很高。❺**上摩天：**向上能碰到蓝天，形容山极高。摩，接触，摩擦。❻**遗民：**指在金统治地区的原宋朝老百姓。❼**胡尘：**指金统治地区的风沙。这里指暴政。❽**王师：**指南宋朝廷的军队。

译文

三万里长的黄河向东奔流入海，五千仞高的华山向上直冲云霄。中原百姓在金朝的统治下已经流干了眼泪，他们一年又一年地翘首南望，盼望着宋朝的军队能来收复失地。

赏析

陆游是著名的爱国主义诗人。这首诗通过夸张描写黄河、华山的壮美来展现失地的大好河山，以此衬托诗人对南宋朝廷不思进取的失望和百姓希望宋朝军队收复山河的强烈愿望。一“尽”一“又”二字将这两种心情表达得淋漓尽致。

遗民

古时因为朝代更迭，战争时有发生，历史上也就出现了失去家国的百姓，这些人就被称为『遗民』。宋末元初时，社会的变故造就了一大批遗民诗人，其中文天祥、谢翱、林景熙、汪元量最具代表性。

guò gù rén zhuāng

过故人庄[1]

［唐］孟浩然

gù rén jù jī shǔ，yāo wǒ zhì tián jiā。
故人具鸡黍[2]，邀我至田家。

lǜ shù cūn biān hé，qīng shān guō wài xié。
绿树村边合[3]，青山郭[4]外斜[5]。

kāi xuān miàn chǎng pǔ，bǎ jiǔ huà sāng má。
开轩[6]面场圃[7]，把酒[8]话桑麻[9]。

dài dào chóng yáng rì，huán lái jiù jú huā。
待到重阳日，还来就菊花[10]。

注释

❶ **过故人庄**：拜访老朋友的田庄。❷ **鸡黍**：指农家待客的丰盛饭食（字面指鸡和黄米饭）。黍，黄米，古代认为是上等的粮食。❸ **合**：环绕。❹ **郭**：古代城墙有内外两重，内为城，外为郭。❺ **斜**：一读“xiá”，倾斜的意思。❻ **轩**：窗户。❼ **场圃**：场，打谷场、稻场；圃，菜园。❽ **把酒**：端着酒具，指饮酒。把，拿起，端起。❾ **话桑麻**：闲谈农事。桑麻，桑树和麻，这里泛指庄稼。❿ **就菊花**：指饮菊花酒，也是赏菊的意思。就，靠近，指去做某事。

译文

老朋友预备了丰盛的饭菜，邀请我到他家做客。翠绿的树林环绕着村落，城外苍翠的山峦连绵不绝。推开窗户，面向着打谷场和菜园，我们一边喝酒一边闲谈着农事。等到重阳节那天，我还要来这里观赏菊花。

赏析

这是一首田园诗，描写的是农家恬静闲适的生活情景，也写出了老朋友之间的深厚情谊，同时也表现了诗人对这种田园生活的喜爱和向往。

重阳节

重阳即农历九月初九，因为当天的日历中含两个“九”，而“九”在古代被认为是“至阳之数”，所以这一天又被称为重九日、重阳日、晒秋节。重阳节是中华民族的传统节日。古人重阳节这天一般会出游赏秋、登高远眺、观赏菊花、遍插茱萸、吃重阳糕、饮酒求寿等。

wén què xǐ　wú shān guān tāo

闻鹊喜·吴山观涛

［宋］周　密[1]

tiān shuǐ bì，rǎn jiù yì jiāng qiū sè。

天水碧，染就一江秋色。

áo dài xuě shān lóng qǐ zhé，kuài fēng chuī hǎi lì。

鳌戴雪山龙起蛰[2]，快[3]风吹海立。

shù diǎn yān huán qīng dī，yí zhù xiá xiāo hóng shī，

数点烟鬟青滴，一杼霞绡[4]红湿，

bái niǎo míng biān fān yǐng zhí，gé jiāng wén yè dí。

白鸟[5]明边帆影直，隔江闻夜笛。

注释

❶ **周密**（1232—1298），字公谨，号草窗，晚年号四水潜夫、弁（biàn）阳老人、华不注山人，南宋词人、文学家。❷ **蛰**：潜伏。《周易·系辞下》："龙蛇之蛰，以存身也。"❸ **快**：有"痛快""爽快"的意思。❹ **一杼霞绡**：晚霞红如彩绡，疑为织女机杼织成。❺ **白鸟**：白色羽毛的鸟。

译文

天光水色一片澄碧，染成一江清秋的景色。江潮涌来就像是神龟驮负的雪山，又像是蛰伏的巨龙从梦中惊起，疾风掀起海水像竖起的墙壁。远处几点青山像美人头上的鬟髻（huán jì），弥漫着雾气，青翠欲滴。一抹红霞如同刚织就的绡纱，还带着湿意。天边白鸟分明，船帆直直地竖立着，入夜后隔江传来悠扬的笛声。

赏析

从时间上说，全词从白昼写到黄昏，又从黄昏写到夜间；从意境上看，又是从极其喧闹写到极其安静，将观涛的全过程作了有声有色的描绘，使读者如临其境。

吴山

吴山在浙江杭州市西湖东南。山势绵延起伏，左临钱塘江，右瞰西湖，为杭州名胜。春秋时，吴山为吴国的西界，故名。也有人认为此山是因伍子胥而得名，本为『伍山』，被错传为『吴山』。又因此山建有伍子胥祠，所以也称胥山。

贾岛的“推敲”

唐朝的贾岛是著名的苦吟诗人。苦吟就是为了一句诗或是诗中的一个词，不惜耗费心血，下尽功夫。贾岛曾在他的《题诗后》中说他自己是“两句三年得，一吟双泪流”，可见其作诗的精研与辛苦。

有一次，贾岛骑驴走在官道上，他正琢磨着一首叫《题李凝幽居》的诗。全诗如下：“闲居少邻并，草径入荒园。鸟宿池边树，僧敲（推）月下门。过桥分野色，移石动云根。暂去还来此，幽期不负言。”他就因为诗中的“鸟宿池边树，僧敲（推）月下门”这一句中，到底是用“敲”好还是“推”好而苦苦思索。他想得实在入神，不知不觉中竟骑着毛驴闯进了大官韩愈的仪仗队里。所幸韩愈是个大文学家，并未呵斥冲撞自己的贾岛，在问明事情经过后，还帮他拿了主意，说用“敲”好。贾岛茅塞顿开，与韩愈一路讨论作诗的方法，共游好几天，二人彼此引为知己。

诗路小憩

诗词大会

一、请在下面的空缺处填上动词。

1. 松下 ____ 童子，言师采药去。

2. 客心 ____ 日月，来往预期程。

3. 遗民泪尽胡尘里，南 ____ 王师又一年。

4. 故人具鸡黍，____ 我至田家。

5. 天水碧，____ ____ 一江秋色。

二、回答下列问题。

1. “郊寒岛瘦”说的是哪两位诗人？

______

2. “绿树村边合”的下一句是什么？

______

3. 中国四大古都分别是哪四大古都？

______

4. 陆游是哪个朝代的爱国主义诗人？

______

qiū xī

秋夕

［唐］杜　牧[1]

yín zhú qiū guāng lěng huà píng

银烛秋光冷[2]画屏，

qīng luó xiǎo shàn pū liú yíng

轻罗小扇[3]扑流萤[4]。

tiān jiē yè sè liáng rú shuǐ

天阶[5]夜色凉如水，

zuò kàn qiān niú zhī nǚ xīng

坐看牵牛织女星。

注释

❶**杜牧**（803—约852），字牧之，号樊川居士，唐代诗人，人称“小杜”，与李商隐并称“小李杜”。❷**冷**：指烛光幽暗、月光皎洁，显得寒气袭人。❸**轻罗小扇**：用轻而薄的丝织品做成的小圆扇。❹**流萤**：飞动的萤火虫。❺**天阶**：指皇宫的石阶。

译文

烛光和月色冷冷地映照着画屏，举起轻罗小扇轻轻地扑打飞舞的萤火虫。石阶上的夜色如水般清冷，仰望星空，牵牛星正对着织女星。

赏析

这是一首宫怨诗。诗的第一、三句写深宫秋夜的景色，第二、四句写宫女，含蓄蕴藉，很耐人寻味。诗中虽没有一句抒情的话，但宫女那种哀怨与期望相交织的复杂感情见于言表，从一个侧面反映了封建时代妇女的悲惨命运。

牛郎织女

牛郎织女的故事是我国古代著名的民间爱情故事，从牵牛星、织女星的星名衍化而来，体现了人们对自然天象的崇拜，而牛郎织女于七月初七鹊桥相会的传说，也极具浪漫气息。

chǔ shǔ
处暑

［宋］吕本中[1]

píng shí yù chǔ shǔ，tíng hù yǒu yú liáng。
平时遇处暑，庭户有余凉。

yǐ jì zǒu nán guó，yán tiān fēi gù xiāng。
乙纪走南国，炎天非故乡。

liáo liáo qiū shàng yuǎn，yǎo yǎo yè guāng cháng。
寥寥秋尚远，杳杳[2]夜光长。

shàng kě liú lián fǒu，nián fēng jīng dào xiāng。
尚可留连否，年丰粳稻香。

注释

❶ **吕本中**（1084—1145），字居仁，世称东莱先生，宋代诗人、词人、道学家。著有《春秋集解》《紫微诗话》《东莱先生诗集》等。❷ **杳杳：** 昏暗的样子，意同“隐约”“依稀”。

译文

平时在处暑这个时候，家乡的庭院里是很凉爽的，可是自从来到南方生活以后，就只能忍受炎炎长夏。而且清爽秋日遥遥无期，昏昏长夜了无尽头。这样的生活似乎毫无可流连之处，好在野外还有粳稻飘香，让人心生一点慰藉。

赏析

诗人借助南北方天气的不同来表达自己在处暑时分的个人感受，进而抒发了对故乡的眷恋之情，可谓语淡而情深，言简而意长。

处暑

处暑，即为『出暑』，是『炎热离开』的意思。处暑是二十四节气中的第十四个节气。处暑节气意味着即将进入气象意义的秋天。处暑后中国黄河以北地区的气温逐渐下降。

qǐ qiǎo

乞巧[1]

［唐］林　杰[2]

qī xī jīn xiāo kàn bì xiāo
七夕今宵看碧霄[3]，

qiān niú zhī nǚ dù hé qiáo
牵牛织女渡河桥。

jiā jiā qǐ qiǎo wàng qiū yuè
家家乞巧望秋月，

chuān jìn hóng sī jǐ wàn tiáo
穿尽红丝几万条。

注释

❶ **乞巧：** 古代节日，在农历七月初七，又叫七夕。❷ **林杰**（831—847），字智周，唐代诗人。❸ **碧霄：** 指浩瀚无际的夜空。

译文

七夕节的晚上，抬头望着碧蓝的夜空，就好像看见隔着天河的牛郎织女在鹊桥上相会。家家户户都在一边观赏秋月，一边对月穿针乞巧，穿过的红线都有几万条了。

赏析

这首诗描写的是民间七夕乞巧盛况，是一首想象丰富、流传很广的古诗。诗句浅显易懂，涉及家喻户晓的神话传说故事，表达了少女们乞取智巧、追求幸福的美好心愿。

七夕乞巧

七夕乞巧缘起于牛郎织女的传说，因为织女善于织布、心灵手巧，所以古代的妇女会选择在七月初七织女和牛郎相会的日子里以对月穿针的方式来向织女乞求一双巧手。

shān jū qiū míng

山居秋暝[1]

［唐］王　维[2]

kōng shān xīn yǔ hòu, tiān qì wǎn lái qiū.
空山新雨后，天气晚来秋。

míng yuè sōng jiān zhào, qīng quán shí shàng liú.
明月松间照，清泉石上流。

zhú xuān guī huàn nǚ, lián dòng xià yú zhōu.
竹喧归浣女，莲动下渔舟。

suí yì chūn fāng xiē, wáng sūn zì kě liú.
随意春芳歇[3]，王孙[4]自可留。

注释

❶ **暝：** 日落时分，天色将晚。❷ **王维**（约 701—761），字摩诘，唐朝著名诗人，有“诗佛”之称。❸ **歇：** 尽，消散。❹ **王孙：** 原指贵族子弟，此处指诗人自己。

译文

空旷的群山沐浴了一场新雨，夜晚降临使人感到已是初秋。明月从松叶的空隙间洒下清光，泉水在山石上淙淙流淌。竹林里传来喧闹的声音，那是洗衣姑娘们回来了；水中的莲叶轻轻摇动，这是轻舟在游荡。任凭春天的花草渐渐消失，我可以在这秋天的山里停留很久。

赏析

这首诗以自然美来表现诗人的人格美和一种理想中的社会之美。诗人通过对山水的描绘以寄情言志，含蕴丰富，耐人寻味。

浣女西施

“浣女”就是洗衣服的女孩，是古诗中常见的人物形象，历史上非常著名的一个浣女便是西施。相传西施是春秋时期越国人，原本只是苎罗山下一个浣纱女，被外出选美的范蠡发现，带回越国宫廷，经悉心培训成为灭吴九策之一——美人计的主角。在她的魅惑下，吴王夫差变得不思进取，而勾践则根据她的情报重整旗鼓，最终灭掉了吴国。

tiān mò huái lǐ bái

天末怀李白

[唐]杜 甫[1]

liáng fēng qǐ tiān mò， jūn zǐ yì rú hé。
凉风起天末，君子意如何。

hóng yàn jǐ shí dào， jiāng hú qiū shuǐ duō。
鸿雁[2]几时到，江湖[3]秋水多。

wén zhāng zēng mìng dá， chī mèi xǐ rén guò。
文章憎命[4]达，魑魅[5]喜人过。

yīng gòng yuān hún yǔ， tóu shī zèng mì luó。
应共冤魂[6]语，投诗赠汨罗。

注释

❶ **杜甫**（712—770），字子美，自号少陵野老，世称“杜工部”“杜少陵”等，唐代伟大的现实主义诗人，被世人尊为“诗圣”，其诗被称为“诗史”。❷ **鸿雁**：喻指书信。古代有鸿雁传书的说法。❸ **江湖**：喻指充满风波的路途。❹ **命**：命运，时运。❺ **魑魅**：鬼怪，这里指坏人或邪恶势力。❻ **冤魂**：指屈原。屈原被放逐，投汨罗江而死。

译文

凉风飕（sōu）飕地从天边刮起，你的心境是怎样的呢？我的书信不知何时你能收到？只恐江湖险恶，秋水多风浪。创作诗文最忌讳坦荡的命运，奸佞小人最希望好人犯错误。你与沉冤的屈子同命运，应投诗汨罗江诉说冤屈与不平。

赏析

这是一首因秋风感兴而怀念友人的抒情诗，吟诵全诗，如展读友人书信，其中充满殷切的思念、细微的关注和发自心灵深处的同情。全诗反复咏叹，低回婉转，是古代抒情诗中的名作。

汨罗

据说当年屈原虽忠于楚怀王，却屡遭排挤。怀王死后，他又因顷襄王听信谗言而被流放。最终，屈原投汨罗江而死。因为屈原在此投江自沉，汨罗成为有名的爱国主义思想发祥地，端午节也因此而产生。

蔑视权贵的李白

李白是一位非常有才华的大诗人，他一心希望能为国家做一番轰轰烈烈的大事，但唐玄宗李隆基只让他做了一个翰林供奉，让他给自己以及后妃们写诗作赋，他很不愿意，常常一人喝闷酒。

这一天，李白又喝得大醉，突然，侍卫来召他去见皇帝。原来李隆基和杨贵妃正在花园赏花，想让李白写几首诗助兴。

李白看到如云似锦的牡丹衬托着美色倾城的贵妃，诗兴大发，提笔写下了著名的《清平调》。李隆基看了非常高兴，便叫宫中乐师李龟年演奏，自己吹笛，宫女们演唱，其中一句“名花倾国两相欢，长得君王带笑看”，使杨贵妃听得如醉如痴，高力士和杨国忠更是在一旁竭力吹捧。

李白十分厌恶他们的这种谄媚之态，便借着酒劲，把脚伸到高力士面前说：“来，给我脱靴！”高力士哪受过这种羞辱？但现在李白是皇帝面前的“红人”，高力士知道现在惹不起他，只得忍气把他的两只长靴脱下来。

李白心里十分痛快，用眼斜了一下旁边的杨国忠，向皇帝磕了个头说：“皇上，我听说杨国舅研的墨很好，不如让国舅爷研墨，我把《清平调》重新抄写一遍，好吗？”

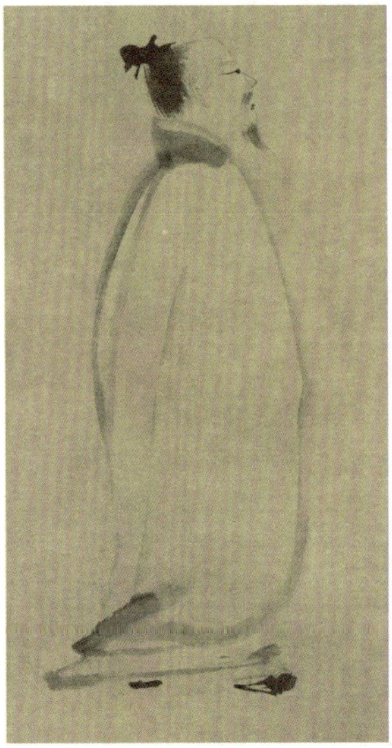

皇帝说：“行！”这可把杨国忠气坏了，他做梦也没想到李白竟敢戏弄自己。但皇上都答应了，他不敢争辩，只好忍着气，强装笑脸，慢慢研起墨来。

高力士、杨国忠受了这般羞辱，怀恨在心，在杨贵妃面前挑拨说：“《清平调》里面有一句‘可怜飞燕倚新妆’，分明是把娘娘比作汉朝的赵飞燕。赵飞燕最后被废黜，由此可见李白居心叵测呀！”杨贵妃听了，气得脸色发白。于是李白逐渐遭到排挤，而他早就厌烦了这种无聊的生活，便离开长安，去了洛阳。

诗路小憩

诗词大会

一、将下列内容补充完整。

1. ______________，轻罗小扇扑流萤。

2. 家家乞巧望秋月，______________。

3. 应共冤魂语，______________。

4. ______________，清泉石上流。

5. 竹喧归浣女，______________。

二、“诗是无形画”，试着画出下面诗句所展现的画面。

天阶夜色凉如水，
坐看牵牛织女星。

qiū pǔ gē

秋浦歌

［唐］李　白[1]

bái fà sān qiān zhàng
白发三千丈，

yuán chóu sì gè cháng
缘[2]愁似个[3]长。

bù zhī míng jìng lǐ
不知明镜里，

hé chù dé qiū shuāng
何处得秋霜[4]。

注释

❶ **李白**（701—762），字太白，号青莲居士，唐朝浪漫主义诗人，被后人誉为“诗仙”。❷ **缘**：因为。❸ **个**：如此，这样。❹ **秋霜**：形容头发白如秋天的霜。

译文

满头的白发似有三千丈，只因我的忧愁也这样长。对着明亮的镜子，不知是何处的秋霜落在了我的发上。

赏析

写这首诗时，李白已经五十多岁，壮志未酬，人已衰老，因而十分愁苦。他揽镜自照，看见一头白发，触目惊心，发出了“白发三千丈”的悲叹，使后世的人看到他的悲愤。如此夸张的奇句流传千古，李白不愧为抒情的高手。

一天一首古诗词·秋

三千

在很多诗词中我们常常发现像“三千”这样夸张的数字，如“自信人生二百年，会当击水三千里”“飞流直下三千尺，疑是银河落九天”，这一数字并非实指，而是一种夸张和概略的说法，以此表达作者的一种胸怀或一种深沉的情绪。

guò sān lǘ miào
过三闾庙[1]

［唐］戴叔伦[2]

yuán xiāng liú bú jìn
沅 湘 流 不 尽，

qū zǐ yuàn hé shēn
屈 子 怨 何 深[3]。

rì mù qiū fēng qǐ
日 暮 秋 风 起，

xiāo xiāo fēng shù lín
萧 萧[4]枫 树 林。

注释

❶ **三闾庙：** 即屈原庙，因屈原担任过楚国的三闾大夫而得名，在今湖南省汨罗市境内。❷ **戴叔伦**（约 732—约 789），字幼公（一作次公），唐代诗人。❸ **屈子怨何深：** 此句是比喻句，屈原的怨恨好似沅江、湘江的河水一样。❹ **萧萧：** 风吹树木发出的响声。

译文

沅江、湘江的河水长流不尽，屈原的哀怨该有多深！暮色苍茫中，秋风吹起，枫树林充满了萧萧声。

赏析

这首诗采用了比兴的手法。前两句以江水的流不尽来比喻屈原的怨无穷，堪称妙绝。后两句对萧瑟秋景的描写，更增凄婉之情，使人不胜惆怅。

三间庙

三间庙是奉祀春秋时楚国三间大夫屈原的庙宇。据《清一统志》记载，庙在长沙府湘阴县北六十里（今汨罗市境）。屈原早年受楚怀王信任，曾任三间大夫，掌管三个大姓宗族的各类事务。因此，后世也用『三间大夫』代指屈原。

jǐ hài zá shī
己亥[1]杂诗

［清］龚自珍[2]

jiǔ zhōu shēng qì shì fēng léi
九州生气恃[3]风雷[4]，

wàn mǎ qí yīn jiū kě āi
万马齐喑[5]究[6]可哀。

wǒ quàn tiān gōng chóng dǒu sǒu
我劝天公[7]重抖擞[8]，

bù jū yì gé jiàng rén cái
不拘一格[9]降人材。

注释

❶ **己亥：**清道光十九年（1839）。❷ **龚自珍**（1792—1841），字璱（sè）人，号定庵，近代著名启蒙思想家。❸ **恃：**依靠，依赖。❹ **风雷：**比喻声势浩大的社会变革。❺ **万马齐喑：**所有的马都沉默无声。比喻人们沉默不语，不敢发表意见。喑，沉默。❻ **究：**终究，毕竟。❼ **天公：**造物主。❽ **抖擞：**振作，奋起。❾ **不拘一格：**不拘泥已有的规则。拘，拘泥，局限。格，规格，规则。

译文

国家要重新焕发生机，就要依靠风雷激荡的社会变革；然而朝野臣民像所有的马都不发出声音一样噤口不言，多么令人痛心。我希望老天能振奋精神，不要拘泥于规则，让更多的人才脱颖而出。

赏析

《己亥杂诗》是清代诗人龚自珍创作的组诗，共315首，这是第125首。诗作以描述当时死气沉沉的社会起笔，进而讲述人才不能得到施展才华的现状，表达了诗人力求社会改革达到国家富强的强烈愿望。

干支纪年

己亥年是道光十九年（1839）。干支纪年法是古代干支纪年的一种方法。干支是天干和地支的总称。甲、乙、丙、丁、戊、己、庚、辛、壬、癸为十天干，子、丑、寅、卯、辰、巳、午、未、申、酉、戌、亥为十二地支。把干支按顺序相配正好六十为一周，周而复始，循环记录，这就是俗称的“干支表”。

guò shān nóng jiā

过山农家

［唐］顾 况[1]

bǎn qiáo rén dù quán shēng
板桥人渡泉声，

máo yán rì wǔ jī míng
茅檐日午鸡鸣。

mò chēn bèi chá yān àn
莫嗔[2]焙茶[3]烟暗，

què xǐ shài gǔ tiān qíng
却喜晒谷天晴。

注释

❶ **顾况**，字逋（bū）翁，号华阳真逸（一说华阳真隐），晚年自号悲翁，唐代诗人、画家、鉴赏家。❷ **嗔**：嫌怨。❸ **焙茶**：用微火烘烤茶叶，使返潮的茶叶去掉水分。

译文

当我走过横跨山溪上的木板桥时，有淙淙的泉声伴随着我；来到农家门前，太阳已在茅檐上空高照，鸡在咯咯鸣叫，像是在欢迎来客。山农陪伴我参观焙茶，深表歉意地说，被烟熏了不要嗔怪；到打谷场上，山农因为天晴可以打谷而欣喜不已。

赏析

这是一首访问山农的六言绝句。六言绝句这种诗体，整个唐代创作者不多，作品很少。顾况的这首六言绝句质朴清淡、十分自然，写出了地道的农家本色。

茶的起源

饮茶对于古人来说是重要的生活方式，也是中国传统文化的内容之一。茶的历史源远流长，早在6000多年前，生活在浙江余姚田螺山一带的先民就开始种植茶树。资料显示，田螺山是我国目前已知的最早人工种植茶树的地方。

nán kē zǐ　　shí lǐ qīng shān yuǎn

南柯子[1]·十里青山远

［宋］仲　殊[2]

shí lǐ qīng shān yuǎn， cháo píng lù dài shā。
十里青山远，潮平[3]路带沙。

shù shēng tí niǎo yuàn nián huá。 yòu shì qī liáng shí hou，
数声啼鸟怨年华[4]。又是凄凉时候[5]，

zài tiān yá。
在天涯。

bái lù shōu cán yuè， qīng fēng sàn xiǎo xiá。
白露[6]收残月，清风散[7]晓霞。

lǜ yáng dī pàn wèn hé huā： jì de nián shí gū jiǔ，
绿杨堤畔问荷花：记得年时沽酒[8]，

nà rén jiā？
那人家[9]？

注释

❶**南柯子：**又名《南歌子》，唐教坊曲名，后用为词牌。❷**仲殊**，字师利，本名张挥，仲殊为其法号，北宋僧人、词人。❸**潮平：**指潮涨。❹**怨年华：**指鸟儿哀叹年光易逝。❺**凄凉时候：**指远在天涯的凄凉的日子。❻**白露：**露水。❼**散：**一作“衬”，送。❽**年时沽酒：**去年买酒。❾**那人家：**那个人。指作者自己。“家”在此处是语尾助词。

译文

远处的青山连绵不断，潮水涨平了沙路，偶尔听到几声鸟鸣，好像是在哀怨时光流逝。又是凄凉的秋天了，我远在海角天涯。残月将落，白露湿衣，拂晓的凉风慢慢地吹散朝霞。走到那似曾相识的绿杨堤畔，我询问起塘中的荷花：“你可记得，那年在路边买酒的那个醉汉吗？”

赏析

全词从时空两方面构思，写景抒情，情寓于景。词作设色明艳，对比和谐，色彩艳丽，美感很强。

荷花

荷花的花色有白、粉、深红、淡紫或间色变化，素有『花中君子』之称。荷花有品格高尚、纯净美好等寓意。荷花又称莲花，因为有并蒂同心的品种，且『莲』与『怜』谐音，因而又是男女好合、夫妻恩爱的象征。

古诗词中的数字

数字是表示数目的符号，古诗词中有很多数字。前面我们看到的就有“白发三千丈”，又有“九州生气恃风雷，万马齐喑究可哀”，还有“十里青山远”，这些数字在古诗词中有着不同的感情色彩。

古代文人们似乎很喜欢玩一些数字游戏。宋代邵康节的《山村咏怀》将数字嵌入诗中，自然又有趣：

一去二三里，烟村四五家。亭台六七座，八九十枝花。

清代郑板桥的《咏雪》更是将数字运用得出神入化，让人仿佛置身于广袤天地大雪纷飞之中，眼前唯有梅花这一抹亮色：

一片两片三四片，五六七八九十片。千片万片无数片，飞入梅花总不见。

南唐“词帝”李煜的《渔父·一棹春风一叶舟》中，四个“一”字连用，不但不显重复，反而有一气呵成、悠然不断之感。取“一”与“万顷”相映照，工整而精妙：

一棹春风一叶舟，一纶茧缕一轻钩。花满渚，酒满瓯，万顷波中得自由。

元代徐再思的散曲《水仙子·夜雨》也善用数字，连用几个相同的数词和量词，音调错落和谐，正好表现忐忑难安的心情。曲中层层递进，以数词细腻真切地表达了思乡之情，可以说曲因数字而有生趣，数字因曲而灵动：

一声梧叶一声秋，一点芭蕉一点愁，三更归梦三更后。落灯花，棋未收，叹新丰逆旅淹留。枕上十年事，江南二老忧，都到心头。

含有数字的古诗词颇多，我们可以再搜集一些，品读体味。

诗路小憩

诗词大会

一、从下面的九宫格中各识别出一句古诗词。

日	天	气
暮	风	起
去	秋	晚

却	日	晒
天	梅	谷
黄	喜	晴

三	六	里
丈	白	霜
发	百	千

十	里	声
山	板	泉
青	桥	远

二、选择正确的选项。

1. 被称为“诗仙”的诗人是（　　）。

A. 杜甫　　B. 李白　　C. 苏轼

2. 《过三闾庙》一诗缅怀的是（　　）。

A. 屈原　　B. 孔子　　C. 孟子

3. “花中君子”指的是（　　）。

A. 兰花　　B. 荷花　　C. 菊花

4. 《过山农家》是一首（　　）绝句。

A. 五言　　B. 六言　　C. 七言

5. “潮平路带沙”的上一句是（　　）。

A. 十里青山远　　B. 沅湘流不尽　　C. 不知明镜里

qiū yè jì qiū èr shí èr yuán wài
秋夜寄丘二十二员外[1]

［唐］韦应物[2]

huái jūn zhǔ qiū yè
怀君属秋夜，

sàn bù yǒng liáng tiān
散步咏[3]凉天。

shān kōng sōng zǐ luò
山空松子落，

yōu rén yīng wèi mián
幽人[4]应未眠[5]。

注释

❶ **丘二十二员外：** 指诗人的朋友丘丹，当时在山上隐居。❷ **韦应物**（737—792），唐代诗人，因出任过苏州刺史，世称“韦苏州”。❸ **咏：** 歌咏，赞叹。❹ **幽人：** 隐居的人，指丘二十二员外。❺ **眠：** 睡觉。

译文

在这深秋的夜晚怀念你，边散步边咏叹霜天多么寒凉。想想此刻空山中正掉落松子，隐居的友人一定还未安眠。

赏析

从整首诗看，诗人运用实写与虚写相结合的手法，使眼前的景象与想象中的景象同时出现，使怀人之人与所怀之人两地相连，进而表达了异地相思的深情。

幽人

如同一个人有外号一样，古代那些隐士也有别称，“幽人”就是隐士的另外一种称呼。古代比较有名的隐士有许由、刘子骥等，他们的名字曾出现在《庄子》和《桃花源记》等作品中。

秋思

qiū sī

［唐］张　籍[1]

luò yáng chéng lǐ jiàn qiū fēng
洛阳城里见秋风，
yù zuò jiā shū yì wàn chóng
欲作家书意万重[2]。
fù kǒng cōng cōng shuō bú jìn
复恐[3]匆匆说不尽，
xíng rén lín fā yòu kāi fēng
行人临发又开封。

注释

❶**张籍**（约766—约830），字文昌，唐代诗人，世称“张水部”“张司业”。❷**意万重**：形容要表达的情意很多。❸**复恐**：又恐怕。

译文

秋风又吹到了洛阳城里，身居洛阳城内的游子，记挂着家乡的亲人。想写封家书问候平安，但要说的话太多了，又不知从何说起。信写好了，又担心匆匆忙忙中没有把自己想要说的话写完，当捎信人快要出发时，又把信封拆了开来。

赏析

这首诗借助游子寄家书时的思想活动和行动细节，表达了作客他乡的人对家乡亲人的深切怀念。“意万重”“复恐”“又开封”等词句将那份对家乡的挂念真实细腻地表现了出来。

家书传递

古代交通不方便，家书传递的方式也不如现代这么发达。在古代，古人写的家书主要有以下几种传递方式：用鸿雁、鸽子传递，通过驿马邮递，托人捎带信件。有时游子在各处游荡，家书很难正确传递，尤其是在战争年代，家书就显得更加珍贵了，有“家书抵万金”一说。

yuè yè yì shè dì

月夜忆舍弟①

［唐］杜　甫

shù gǔ duàn rén xíng, biān qiū yí yàn shēng.

戍鼓②断人行③，边秋④一雁声。

lù cóng jīn yè bái, yuè shì gù xiāng míng.

露从今夜白，月是故乡明。

yǒu dì jiē fēn sàn, wú jiā wèn sǐ shēng.

有弟皆分散，无家问死生。

jì shū cháng bù dá, kuàng nǎi wèi xiū bīng.

寄书长⑤不达，况乃⑥未休兵。

注释

①**舍弟：**谦称自己的弟弟。②**戍鼓：**戍楼上的更鼓。戍，驻防。③**断人行：**指鼓声响起后，就开始宵禁。④**边秋：**一作“秋边”。⑤**长：**一直，老是。⑥**况乃：**何况是。

译文

戍楼上的更鼓声隔断了人们的来往，边塞的秋天里，一只孤雁正在鸣叫。白露节气的夜晚，月亮还是故乡的最明亮。弟兄分散，家园无存，互相间都无从得知生死的消息。平时寄的家书常常不能送到，更何况是战乱频繁的时候。

赏析

全诗层次井然，首尾照应，承转圆熟，结构严谨。“望月”则“忆舍弟”，人“分散”则“死生”不明，“无家”则“寄书长不达”，“未休兵”则“断人行”，一句一转，一气呵成。

白露

白露是农历二十四节气中的第十五个节气，也是秋季的第三个节气。这时，夜晚和清晨，枝叶上开始生发露水，远远望去，像沾染了一层白色，故名『白露』。

sòng zhù zuò zuǒ láng cóng liáng wáng dōng zhēng

送著作佐郎[1]从梁王东征

[唐]陈子昂[2]

jīn tiān fāng sù shā, bái lù shǐ zhuān zhēng

金天方肃杀，白露始专征[3]。

wáng shī fēi lè zhàn, zhī zǐ shèn jiā bīng

王师非乐战，之子[4]慎佳兵[5]。

hǎi qì qīn nán bù, biān fēng sǎo běi píng

海气侵南部，边风扫北平。

mò mài lú lóng sài, guī yāo lín gé míng

莫卖卢龙塞[6]，归邀麟阁[7]名。

注释

❶ **著作佐郎：**官名，这里指担任著作佐郎的崔融。❷ **陈子昂**（约659—约700），字伯玉，唐代诗人，因曾任右拾遗，后世称“陈拾遗”。❸ **专征：**全权主持征伐。❹ **之子：**此子，指崔融等人。❺ **慎佳兵：**慎重对待用兵之事。❻ **卢龙塞：**今河北省喜峰口，是通往东北的交通要道上的军事要塞。❼ **麟阁：**即麒麟阁。

译文

秋日时节正严酷萧条，白露一到就要开始出征讨伐。我们的军队并非是好战之师，请各位一定要慎重对待用兵之事。契丹的军队像海雾一样侵犯南部边疆，又像凛冽的北风侵犯北平郡。绝不能丢失卢龙塞，胜利归来后，皇上定为你们庆功封赏。

赏析

全诗质朴自然，写景议论不事雕琢，词句铿锵，撼动人心。正如元方回《瀛奎律髓》评陈子昂的律诗：“天下皆知其能为古诗，一扫南北绮靡，殊不知律诗极佳。”

麒麟阁

麒麟阁坐落在汉未央宫中，因汉武帝元狩年间打猎获得麒麟而命名。汉宣帝刘洵将十一名功臣的画像挂在麒麟阁，以示纪念。于是后世将画像被置于麒麟阁当作臣子的最大荣耀，有“功成画麟阁”“谁家麟阁上”等表达对人的期盼和祝愿的诗句流传。

qīngpíng yuè

清平乐[1]

［宋］张　炎[2]

hòu qióng qī duàn　rén yǔ xī fēng àn
候蛩[3]凄断，人语西风岸。

yuè luò shā píng jiāng sì liàn　wàng jìn lú huā wú yàn
月落沙平江似练[4]，望尽芦花[5]无雁。

àn jiào chóu sǔn lán chéng　kě lián yè yè guān qíng
暗教愁损[6]兰成[7]，可怜夜夜关情[8]。

zhǐ yǒu yì zhī wú yè　bù zhī duō shǎo qiū shēng
只有一枝梧叶，不知多少秋声！

注释

❶ **清平乐：**唐代教坊曲名，后用为词牌。又名《清平乐令》《忆萝花》《醉东风》等。❷ **张炎**（1248—约 1320），字叔夏，号玉田，又号乐笑翁，他是贵族后裔（循王张俊六世孙），也是南宋著名的格律派词人。❸ **蛩：**蟋蟀。❹ **练：**素白未染的熟绢。❺ **芦花：**芦絮。芦苇花轴上密生的白毛。❻ **愁损：**愁杀。❼ **兰成：**北周庾信的小字。❽ **关情：**动心，牵动情怀。

译文

蟋蟀的哀鸣十分凄凉，秋风萧瑟的岸边，人们正在说话。冷月落沙洲，澄江就好像一条白练，千里芦花望断，也不见归雁的行踪。暗暗地愁杀了庾信，可怜夜夜脉脉含离情。只有那一叶梧桐悠悠下，不知寄托了多少秋凉悲声！

赏析

此词选景巧妙，言情深远，极具特色。笔调精练含蓄，风韵幽雅独特，意境清空淡远，情感真切动人。

芦衣顺母

关于芦花有这样一个故事：春秋末期，孔子的弟子闵子骞十岁丧母，其父再娶，但继母李氏对他不好，做冬衣时，给自己亲生儿子的冬衣里装棉花，给闵子骞的却装芦花。冬天外出驾车时，闵子骞的父亲发现了这件事，决定休了李氏。但闵子骞尽力劝说，他父亲才作罢，继母也深受感动，改变了对他的态度。

古诗词中的“乡愁”

“乡愁”是情感美的外化与表达。这种情感不是无源之水、无本之木，而是由客观景象引发主观思考后传出的心声。在我国浩如烟海的古诗词中，有许多表达乡愁的篇章。诗人们以各自不同的境遇、时空，抒发自己的乡愁情怀与精神寄托。

南北朝时期的庾信，历仕西魏、北周，虽官至骠骑将军、开府仪同三司，但因饱经离乱，陷身北朝，怀念故国家园的情怀从未泯灭，写下了27首咏怀诗，每首都表达了“去国怀乡、满目萧然、悲凉哀婉、情系江关”的情感。其中一句“遥看塞北云，悬想关山雪”，“悬想”一词，就道尽了他滞留北方、南北隔绝、思念故国之乡愁，其爱国、爱家乡之情怀赫然可见。

再如，唐代诗人王湾的《次北固山下》，一句“乡书何处达，归雁洛阳边”，把自己客居在外而产生的乡愁很好地表现了出来。

唐代诗人崔颢的《黄鹤楼》更是一首表达乡愁情怀的佳作。“昔人已乘黄鹤去，此地空余黄鹤楼。黄鹤一去不复返，白云千载空悠悠。晴川历历汉阳树，芳草萋萋鹦鹉洲。日暮乡关何处是？烟波江上使人愁。”诗人登览胜地，虽然眼前的景色绚丽多彩，但在苍茫暮色来临之际，羁旅外地的他还是不由生发了思乡的愁绪，结尾一句把乡愁写到极致。

表达乡愁最为悲美的当数南唐后主李煜的《虞美人》。李煜降宋后，思念故国的情怀难绝于心，一句“问君能有几多愁？恰似一江春水向东流”，把凄美的乡愁比作无休止的东流江水，使本难以言状的乡愁有了深远的长度。

古诗词中的“乡愁”，是一幅幅历史画卷，徜徉其间，我们不仅能感受古人的尚美情怀，而且可以潜移默化地培育我们热爱故乡、热爱祖国的情操。

诗路小憩

诗词大会

一、将下列内容补充完整。

1. ______________，幽人应未眠。

2. ______________，欲作家书意万重。

3. 露从今夜白，______________。

4. 海气侵南部，______________。

5. ______________，不知多少秋声！

二、古诗词中包含“秋”字的诗句很多，请根据下面的表格，写出“秋”字在不同位置的诗句。（也可填五言或词句）

秋						
	秋					
		秋				
			秋			
				秋		
					秋	
						秋

dú zuò jìng tíng shān
独坐[1]敬亭山

［唐］李　白

zhòng niǎo gāo fēi jìn
众鸟高飞尽[2]，

gū yún dú qù xián
孤云独去闲[3]。

xiāng kàn liǎng bú yàn
相看两不厌[4]，

zhǐ yǒu jìng tíng shān
只有敬亭山。

注释

❶ **独坐：** 一个人坐。❷ **尽：** 完，没有。❸ **闲：** 偷闲，安闲。这里形容云朵飘来飘去的悠闲状。❹ **厌：** 满足。

译文

鸟儿们高飞远去，早已无影无踪了。一朵孤独的云，也慢慢地向远处飘走。在彼此的对视之中，怎么看也不觉满足的，大概只有我和眼前的敬亭山了。

赏析

这首诗的写作目的不是赞美景物，而是借景抒情，借此地无言之景，抒内心无奈之情。诗人在被拟人化了的敬亭山中寻到慰藉，内心的孤独感似乎得到了一些纾解。

敬亭山

敬亭山位于安徽省宣城市，原名昭亭山，西晋初年改名为敬亭山，有大小山峰60座，主峰名“一峰”，海拔317米。中国历代关于敬亭山的诗、文、词、画达千数，敬亭山遂被称为“江南诗山”，享誉海内外。

huí xiāng ǒu shū

回乡偶书

［唐］贺知章[1]

shào xiǎo lí jiā lǎo dà huí
少小离家老大[2]回，

xiāng yīn wú gǎi bìn máo shuāi
乡音[3]无改鬓毛衰[4]。

ér tóng xiāng jiàn bù xiāng shí
儿童相见不相识，

xiào wèn kè cóng hé chù lái
笑问客[5]从何处来。

注释

❶ **贺知章**（约659—744），字季真，号四明狂客，其诗文以绝句见长，《全唐诗》录其诗19首。❷ **老大**：年老时。❸ **乡音**：家乡的口音。❹ **鬓毛衰**：指头发稀疏花白。鬓毛，额角边靠近耳朵的头发。衰，一读“cuī”，稀疏。❺ **客**：这里代指诗人自己，相当于“我”。

译文

我年少时离开家乡，年老时才回来；家乡口音虽然没有改变，鬓毛却早已稀疏花白。孩子们见了我都不认识，笑着问我：“客人是从哪里来的？”

赏析

这是一首久居异乡、重回故里的感怀诗，诗人写于初到故乡时，抒发了时光易逝的伤感之情。

乡音

“乡音”指的是家乡的口音。我国有很多种地方语言，这些地方语言都带有不同的口音，当地的人们即便离家多年也还是改变不了这种口音。在外地的游子常常能根据口音来分辨家乡的人，因而有“形容不识识乡音，挑尽寒灯到夜深”“八千里外始乡关，乍听乡音慰客颜”等借乡音表达思乡之情的诗词。

shí wǔ yè wàng yuè

十五夜望月

［唐］王　建[1]

zhōng tíng dì bái shù qī yā
中庭[2]地白[3]树栖鸦，

lěng lù wú shēng shī guì huā
冷露无声湿桂花。

jīn yè yuè míng rén jìn wàng
今夜月明人尽望，

bù zhī qiū sī luò shuí jiā
不知秋思落谁家？

注释

❶ **王建**（768—835），字仲初，唐朝诗人，出身寒微，一生潦倒。他与张籍是好朋友，乐府诗与张籍齐名，世称“张王乐府”。❷ **中庭：**即庭中，庭院中。❸ **地白：**月光照在庭院的地上，像铺了一层白霜。

译文

中秋的月光照射在庭院中，地上好像铺了霜一样白，树上的鸦雀停止聒噪，进入了梦乡。夜深了，清冷的秋露悄悄地打湿庭中的桂花。今夜，明月当空，人们都在赏月，不知那茫茫的秋思落在了谁家？

赏析

诗人运用形象的语言、丰富的想象，渲染了中秋望月这一特定环境的气氛，把读者带进一个月明人远、思深情长的意境。

桂花

桂花有『九里香』之誉，每年的中秋佳节，望月赏桂如同吃月饼一样，是中国人重要的习俗。自古以来，人们把桂花及其果实视为『天降灵实』，作为崇高、美好、吉祥的象征。在中秋节赏桂花，是因为桂花寄托着人们对甜蜜生活的追求和赞美。

tiān zhú sì bā yuè shí wǔ rì yè guì zǐ

天竺寺八月十五日夜桂子

［唐］皮日休[1]

yù kē shān shān xià yuè lún

玉颗珊珊下月轮，

diàn qián shí dé lù huá xīn

殿前拾得露华新[2]。

zhì jīn bú huì tiān zhōng shì

至今不会天中事，

yīng shì cháng é zhì yǔ rén

应是嫦娥掷与人。

注释

❶ **皮日休**（约 838—约 883），字袭美，晚唐文学家，与陆龟蒙齐名，世称“皮陆”。❷ **露华新：**桂花瓣带着露珠，更显湿润、新鲜。

译文

桂子如同颗颗玉珠般从天而降，好像是从月亮上掉下来似的，拾起殿前的桂花，花瓣带着露珠更显湿润、新鲜。我到现在也不明白吴刚为什么要跟桂花树过不去，这桂花大概是嫦娥撒下来送给众人的吧。

赏析

这首诗不像其他描写中秋的诗作一样凄凉、惆怅，诗中的内容大都是诗人自己的联想，这些巧妙的联想为诗作平添了几分生趣，恰到好处。这一幅“月夜赏桂图”让今天的读者也不禁对古人的中秋佳节浮想联翩。

天竺寺

天竺寺在全国各地有好几处，皮日休诗里的天竺寺在浙江境内，今称法镜寺，位于灵隐山（飞来峰）山麓。徜徉于天竺寺，最为诱人的是四周的山峦秀色。从灵隐合涧桥旁循路而进，山色如列画屏，崖陡谷深，曲涧淙淙，山岚云影时而飘忽，极富山林野趣。

望洞庭
wàng dòng tíng

［唐］刘禹锡

hú guāng qiū yuè liǎng xiāng hé
湖光[1]秋月两相和[2]，

tán miàn wú fēng jìng wèi mó
潭面无风镜未磨[3]。

yáo wàng dòng tíng shān shuǐ cuì
遥望洞庭山水翠，

bái yín pán lǐ yì qīng luó
白银盘里一青螺[4]。

注释

❶ **湖光**：湖面的波光。❷ **两相和**：这里指湖光与月色融为一体。和，和谐，交融。❸ **镜未磨**：古人的镜子用铜制成，打磨后才能光亮照人。这里用未磨的铜镜比喻平静而迷蒙的水面。❹ **青螺**：青绿色的螺。此处用来形容洞庭湖中的君山。

译文

秋夜里，洞庭湖水与高洁的月光交相辉映。没有风，湖面像是一面未经打磨的铜镜，平静而迷蒙。远远望去，青山绿水中的君山，好像白色银盘中的一只小巧玲珑的青螺。

赏析

诗中描写了秋夜月光下洞庭湖的优美景色。诗人放飞想象，以清新的笔调，生动地描绘出洞庭湖水宁静、祥和的朦胧美，勾画出一幅美丽的洞庭山水图。

洞庭湖

洞庭湖，古时候也叫云梦泽、九江或重湖，水域广阔，曾号称“八百里洞庭”。古代文人有很多诗词描写洞庭湖的景色，如孟浩然的“气蒸云梦泽，波撼岳阳城”，李白的“明湖映天光，彻底见秋色”等。

嫦娥奔月的传说

传说中，后羿射日立了功，不久后，他娶了个美丽善良的妻子，名叫嫦娥，人们都非常羡慕这对郎才女貌的恩爱夫妻。

一天，后羿到昆仑山遇到王母娘娘，便向王母求得一颗不死药。据说，服下此药，能即刻升天成仙。然而，后羿舍不得撇下妻子，只好暂时把不死药交给嫦娥珍藏。嫦娥将药藏进梳妆台的百宝匣里，不料被后羿的徒弟逄（páng）蒙看到了。

三天后，后羿出去打猎，心怀鬼胎的逄蒙假装生病，留了下来。等后羿走后不久，逄蒙手持宝剑闯入内宅后院，威逼嫦娥交出不死药。

嫦娥知道自己不是逄蒙的对手，危急之时当机立断，转身打开百宝匣，拿出不死药一口就吞了下去。嫦娥吞下药，身子立时飘离地面，冲出窗口，向天上飞去。由于嫦娥牵挂着丈夫，便飞落到离人间最近的月亮上成了仙。

嫦娥奔月的神话源自古人对星辰的崇拜，据现存文字记载，这个故事最早出现于战国时期的典籍《归藏》，东汉高诱注解《淮南子》时，明确指出嫦娥是后羿之妻。

诗路小憩

诗词大会

一、古诗词中有很多含有“月”字的诗句，试着写出几句。

1. ________________，________________。

2. ________________，________________。

3. ________________，________________。

4. ________________，________________。

5. ________________，________________。

二、从下面的十六宫格中各识别出一句古诗词。

月	望	应	明
故	今	白	新
夜	乡	抬	尽
思	人	露	是

遥	殿	洞	露
前	望	月	新
后	的	拾	清
得	辉	庭	华

离	乡	儿	大
音	少	无	童
小	故	家	相
回	土	老	识

一	白	粒	盘
小	银	碧	山
净	洗	里	水
青	如	空	螺

mǐn nóng qí yī
悯农·其一

［唐］李 绅[1]

chūn zhòng yí lì sù
春种一粒粟，

qiū shōu wàn kē zǐ
秋收万颗子。

sì hǎi wú xián tián
四海[2]无闲田[3]，

nóng fū yóu è sǐ
农夫犹[4]饿死。

注释

❶ **李绅**（772—846），字公垂，中唐诗人，作有《乐府新题》20首，已失传。❷ **四海**：普天之下，全国各地。古时认为大地四面有大海，所以用“四海”或“四海之内”来指全国或全世界。❸ **闲田**：荒芜了的田地。❹ **犹**：还，仍。

译文

春天种下一粒种子，秋天就能收获千万颗粮食。天下并没有一块闲荒的土地，可依然还是有不少农民饿死。

赏析

诗人对平常的事，不是空洞抽象地叙说和议论，而是采用鲜明的形象和深刻的对比来揭露问题和说明道理，农民的辛苦与悲惨的现状使人很容易产生深刻的印象。

粟

小米又称粟米，古称粟，又叫粱，去壳后称为小米，是中国古代的 “五谷”之一，也是北方人喜爱的主要粮食之一。“五谷”这一名词的最早记录见于《论语》，指稻谷、麦子、大豆、玉米、薯类等五种主食，米和面粉以外的粮食称作“杂粮”，合称“五谷杂粮”。

yè yǔ jì běi

夜雨寄北

［唐］李商隐

jūn wèn guī qī wèi yǒu qī
君问归期未有期，

bā shān yè yǔ zhǎng qiū chí
巴山夜雨涨秋池[1]。

hé dāng gòng jiǎn xī chuāng zhú
何当共剪西窗烛[2]，

què huà bā shān yè yǔ shí
却话[3]巴山夜雨时。

注释

❶ **秋池：** 秋天的池塘。❷ **剪西窗烛：** 剪烛，剪去烧焦的烛芯，使烛光明亮。这里形容深夜秉烛长谈。❸ **却话：** 回头说，追述。

译文

你问我的归期，可我的归期没有定，现在我独自住在巴山的旅店里，面对着下个不停的夜雨，看着秋天的池水往上涨。什么时候才能够与你在家中西窗下一起剪烛长谈，再说起我独居巴山旅店中面对夜雨的情景啊！

赏析

这是一首朴素的小诗。整首诗明朗清新，没有起兴，没有典故，也不用象征，这在李商隐的诗里并不多见。一般说来，诗歌是要避免重复用字的，可是在这首诗中，作者却好像刻意地重复着“巴山夜雨”这个短语，而巴山夜雨，也确实成为全诗给人印象最为深刻的意象。

巴山夜雨

古诗词中时常有暗含物候、气候等知识的佳句。《夜雨寄北》中的“巴山夜雨”，就揭示了一种天气现象：四川盆地由于空气潮湿，天空多云等原因，导致经常在晚上下雨，从而形成“巴山夜雨现象”。

yè bó niú zhǔ huái gǔ

夜泊牛渚怀古

［唐］李 白

niú zhǔ xī jiāng yè，qīng tiān wú piàn yún。
牛渚西江[1]夜，青天无片云。

dēng zhōu wàng qiū yuè，kōng yì xiè jiāng jūn。
登舟望秋月，空忆谢将军[2]。

yú yì néng gāo yǒng，sī rén bù kě wén。
余亦能高咏[3]，斯人[4]不可闻。

míng zhāo guà fān xí，fēng yè luò fēn fēn。
明朝挂帆席[5]，枫叶落纷纷。

注释

❶ **西江**：从南京以西到江西境内的一段长江，古代称西江。牛渚也在西江这一段中。❷ **谢将军**：谢尚，东晋时期名士、将领。他曾在牛渚山采石制作石磬。❸ **高咏**：谢尚赏月时，曾闻诗人袁宏在船中高咏，大加赞赏。❹ **斯人**：指谢尚。❺ **帆席**：一作“帆去”。

译文

秋夜行舟停泊在西江牛渚山，蔚蓝的天空中没有一丝游云。我登上小船仰望明朗的秋月，徒然地怀想起东晋谢尚将军。我也能够吟唱袁宏的咏史诗，可惜没有那识贤的将军倾听。明早我将挂起船帆离开牛渚，这里只有满天枫叶飘落纷纷。

赏析

诗歌首句开门见山，点明“牛渚夜泊”。次句写牛渚夜景，大处落墨，展现出一片碧海青天、万里无云的境界。寥廓空明的天宇和苍茫浩渺的西江在夜色中融为一体，愈显出境界的空阔邈远，而诗人置身其间时那种悠然神远的感受也就自然融合于其中了。

牛渚山

牛渚山，又名牛渚圻，在安徽省当涂县西北二十里，也名采石矶。三国时期，周瑜受孙权调遣屯兵于此，于是此地成为军事重镇，此后也为历来兵家争战之地。

yè xǐ hè lán sān jiàn fǎng

夜喜贺兰[1]三[2]见访

［唐］贾　岛

lòu zhōng réng yè qiǎn，shí jié yù qiū fēn。

漏钟[3]仍夜浅，时节欲秋分。

quán guō qī sōng hè，fēng chú yì yuè yún。

泉聒[4]栖松鹤，风除翳[5]月云。

tà tái xíng yǐn xìng，zhěn shí wò lùn wén。

踏苔行引兴，枕石卧论文。

jí cǐ xún cháng jìng，lái duō zhǐ shì jūn。

即此寻常静，来多只是君[6]。

注释

❶**贺兰**：僧人，诗人的朋友。❷**三**：第三次。❸**漏钟**：古代计时用的工具。❹**泉聒**：泉水叮咚作响。❺**翳**：遮掩。❻**君**：指贺兰。

译文

漏钟显示还未到深夜，此时正要到秋分时节。林间泉水叮咚，松鹤在这里栖息，微风将云吹散，月亮露出来了。与好友贺兰和尚一起踏着青苔散步，斜卧山石畅谈诗文。像这样清静的地方，也只有好友贺兰经常光顾啊。

赏析

此诗写出诗人久居静谧山间，在秋分时节的夜晚喜遇友人，与之畅游的欢欣喜悦之情。诗中亦由“喜”衬“愁”，在人烟罕至的山林中，难得与知己畅诉文章，今夜之喜也是因为平日过于清寂。

秋分

秋分是农历二十四节气中的第十六个节气。秋分过后，一日中白昼短于黑夜。秋分有三候：『一候雷始收声，二候蛰虫坯户，三候水始涸。』古人在秋分之时，有『祭月』『送秋牛』『粘雀子嘴』等习俗。

qiū sī

秋思

［宋］陆 游

lì yù qū rén wàn huǒ niú, jiāng hú làng jì yì shā ōu

利欲[1]驱[2]人万火牛，江湖浪迹[3]一沙鸥。

rì cháng sì suì xián fāng jué, shì dà rú tiān zuì yì xiū

日长似岁闲方觉，事大如天醉亦休[4]。

zhēn chǔ qiāo cán shēn xiàng yuè, jǐng wú yáo luò gù yuán qiū

砧杵敲残深巷月，井梧摇落故园秋。

yù shū lǎo yǎn wú gāo chù, ān dé yuán lóng bǎi chǐ lóu

欲舒老眼无高处，安得元龙[5]百尺楼。

注释

❶欲：欲望。**❷驱：**赶逐，驱赶。**❸浪迹：**到处漫游，行踪不定。**❹休：**这里指忘了。**❺元龙：**陈元龙，即陈登，三国时人，素有扶世济民的志向。

译文

利欲驱使人如同万头火牛奔突一样，倒不如浪迹江湖，像沙鸥那样自由。一日长似一年，闲暇时才感觉如此，即使是天大的事，喝醉了也就忘了。在捣衣棒的敲击声中，深巷里的明月渐渐西沉；井边的梧桐树忽然摇动，叶子落下，才知道故乡也是秋天了。想极目远眺，苦于没有登高的地方，哪能像陈登那样站在百尺楼上呢？

赏析

这首诗写的是诗人在秋日的所思所感，表现了诗人向往闲适的生活而又不能闲居的心情。

砧杵

砧杵也就是捣衣石和棒槌，亦代指捣衣。捣衣有两种意思：一是指古代服饰方面的一种民俗，即妇女把织好的布帛，铺在平滑的砧板上，用木棒敲平，以求柔软熨帖，用来裁制衣服，称为“捣衣”。二是将洗过头次的脏衣放在石板上用杵捶击，去浑水，再清洗，使其洁净，也称“捣衣”。

李绅的另一面

唐代著名诗人李绅早年丧父，由母亲抚养长大。也许是因为他曾经历过生活艰苦才能体会到农民的不易，从而写出《悯农》这样同情农民的诗句。不过他在中进士做官之后，就逐渐变了。

《云溪友议》中记载，李绅发迹之前，经常到一个叫李元将的人家中做客，每次见到李元将都称呼其为“叔叔”。他为官后，李元将因为要巴结他，主动降低辈分，称自己为“弟”“侄”，李绅都不高兴，直到李元将称自己为“孙子”，李绅才勉强接受。

有一个姓崔的巡官，与李绅有同科进士之谊，有一次特地来拜访他，刚在旅馆住下，家仆与当地百姓发生争斗。得知闹事的是宣州馆驿崔巡官的仆人，李绅竟将那仆人和百姓都处以极刑，并下令把崔巡官抓来，说：“你我早年相识，既然来到这里，为何不来相见？”崔巡官连忙叩头谢罪，可李绅还是把他绑起来，打了二十杖。崔巡官被送到秣陵时，吓得面如死灰，甚至不敢大哭一声。

由于李绅为官酷暴，当地百姓常常担惊受怕，很多人甚至渡过长江、淮河外出逃难。下属向他报告：“本地百姓逃走了不少。”李绅道：“你见过用手捧麦子吗？饱满的颗粒总是在下面，那些秕糠随风而去。这事不必报来。”

诗路小憩

诗词大会

一、写出含有相应偏旁的字的诗句。

氵

讠

木

二、选择正确的选项。

1. 《悯农》的作者是（　　　）。

A. 李绅　　B. 杜甫　　C. 李商隐

2. “登舟望秋月，空忆谢将军”中的“谢将军”指的是（　　　）。

A. 谢尚　　B. 谢安　　C. 谢玄

3. “踏苔行引兴，枕石卧论文”出自（　　　）。

A. 《秋思》　　B. 《夜雨寄北》　　C. 《夜喜贺兰三见访》

fēng
风

［唐］李　峤[1]

jiě luò sān qiū yè
解[2]落三秋叶，

néng kāi èr yuè huā
能开二月[3]花。

guò jiāng qiān chǐ làng
过江千尺浪，

rù zhú wàn gān xié
入竹万竿斜[4]。

注释

❶ **李峤**（645—714），唐代诗人，字巨山，和杜审言、崔融、苏味道并称“文章四友”。❷ **解**：能够。❸ **斜**：一读“xiá”，与“花”押韵，倾斜的意思。

译文

它能吹落秋天的树叶，它能吹开春天的花朵。它掠过江面能掀起千尺巨浪，它穿过竹林能使万根竹子倾斜。

赏析

这是一首描写风的小诗，全诗却没有一个“风”字。诗的每一句都表达了风的作用，展示了风的种种形态。短短的四句诗，以动态的描述诠释了风的性格。

竹子

竹子是中国美德的物质载体，最普遍的象征意义就是君子所应该拥有的品质，比如谦虚、有气节等。竹子为无数仁人志士喜爱，古今文人墨客对竹子充满了赞美，留下了大量的咏竹诗和竹画。

马诗二十三首·其五

mǎ shī èr shí sān shǒu qí wǔ

[唐] 李 贺[1]

dà mò shā rú xuě
大漠沙如雪，

yān shān yuè sì gōu
燕山月似钩[2]。

hé dāng jīn luò nǎo
何当[3]金络脑[4]，

kuài zǒu tà qīng qiū
快走踏清秋。

注释

❶ **李贺**（约 791—约 817），字长吉，后世称李昌谷，有“诗鬼”之称，著有《昌谷集》。❷ **钩：** 古代的一种兵器，形似月牙。❸ **何当：** 何时。❹ **金络脑：** 用黄金装饰的马笼头。

译文

平沙万里，在月光下像一层皑皑的霜雪。连绵的燕山山岭上，一弯明月当空，如弯钩一般。何时才能受到皇帝赏识，给我这匹骏马佩戴上黄金打造的辔头，让我在秋天的战场上驰骋，立下功劳呢？

赏析

李贺的《马诗》共有 23 首，这是第 5 首。组诗通过对马和与马有关的许多历史故事的咏叹，表现了英杰异士的抱负和愿望，抒发了作者怀才不遇的感叹和愤慨。

燕山

燕山是我国北部著名山脉之一，其山势陡峭，沿山脊筑有长城，有喜峰、居庸关等重要关隘，自古以来是由燕山以北进入华北平原的重要孔道，常常为兵家必争之地。

jú huā

菊花

［唐］元稹[1]

qiū cóng rào shè sì táo jiā
秋丛[2]绕舍[3]似陶家[4]，
biàn rào lí biān rì jiàn xié
遍绕篱边日渐斜[5]。
bú shì huā zhōng piān ài jú
不是花中偏爱菊，
cǐ huā kāi jìn gèng wú huā
此花开尽更无花。

注释

❶ **元稹**（779—831），字微之，别字威明，唐朝诗人。❷ **秋丛：** 指丛丛秋菊。❸ **舍：** 居住的房子。❹ **陶家：** 陶渊明的家。陶，指东晋诗人陶渊明。❺ **日渐斜：** 太阳渐渐落山。斜，一读“xiá”，倾斜的意思。

译文

一丛一丛的秋菊环绕着房屋，看起来好似陶渊明的家。绕着篱笆观赏菊花，不知不觉太阳已经快落山了。不是因为百花中偏爱菊花，只是因为菊花开过之后便不能够看到更好的花了。

赏析

这首七言绝句，虽然写的是咏菊这个寻常的题材，但用笔巧妙，别具一格，诗人独特的爱菊理由新颖自然，不落俗套，并且发人深思。诗人没有正面写菊花，却通过爱菊，侧面烘托出菊的优秀品格。全诗美妙灵动，意趣盎然。

菊花

菊花是一种在秋天开放的花朵，因此也是秋季的象征。菊花能抵御寒冷，有着非常顽强的生命力。在中国，它象征着高洁和不屈，是花中四君子之一。

jiǔ yuè jiǔ rì yì shān dōng xiōng dì
九月九日①忆②山东③兄弟

［唐］王　维

dú zài yì xiāng wéi yì kè
独在异乡④为异客⑤，

měi féng jiā jié bèi sī qīn
每逢佳节倍⑥思亲。

yáo zhī xiōng dì dēng gāo chù
遥知⑦兄弟登高⑧处，

biàn chā zhū yú shǎo yì rén
遍插茱萸少一人。

注释

❶ **九月九日**：农历九月初九为重阳节。古人在这一天有登高、插茱萸、喝菊花酒来驱邪避瘟的习俗。❷ **忆**：思念。❸ **山东**：此处指华山以东。❹ **异乡**：他乡，外地。❺ **异客**：在他乡生活的人。❻ **倍**：加倍，更加。❼ **遥知**：远远地想象。❽ **登高**：登山或登上高处。

译文

一个人离家在外，身居异乡，每当碰到过节的日子，就会更加思念亲人。今天是重阳节，远在家乡的兄弟们一定又在登山饮酒、插戴茱萸吧，只是单单少了我一个人。

赏析

这首诗是王维十七岁时的作品，小诗写得非常朴素，表达了诗人在异乡思念亲人的情思。诗人离开生活多年的家乡到异地生活，自然感到陌生而孤单。诗人平淡地叙述自己身在异乡，但是其中却包含着诗人质朴的思想感情。

茱萸

茱萸有杀虫消毒、逐寒祛风等功效。古时，人们会在九月九日重阳节这天爬山登高，臂上佩戴插着茱萸的布袋（称“茱萸囊”），即佩茱萸。

xún lù hóng jiàn bú yù

寻陆鸿渐[1]不遇

［唐］皎　然[2]

yí jiā suī dài guō, yě jìng rù sāng má.
移家虽带[3]郭，野径入桑麻。

jìn zhòng lí biān jú, qiū lái wèi zhuó huā.
近种篱边菊，秋来未著花[4]。

kòu mén wú quǎn fèi, yù qù wèn xī jiā.
扣门[5]无犬吠，欲去问西家[6]。

bào dào shān zhōng qù, guī lái měi rì xié.
报道山中去，归来[7]每日斜[8]。

注释

❶**陆鸿渐**：陆羽，字鸿渐，精于茶道，著有《茶经》一本，被后人誉为“茶圣”。唐朝上元初年（760），陆羽隐居于苕溪（今浙江湖州）。❷**皎然**：唐代诗僧。俗姓谢，字清昼。❸**带**：近。❹**著花**：开花。❺**扣门**：敲门。❻**西家**：西邻。❼**归来**：一作“归时”。❽**斜**：一读“xiá”，倾斜的意思。

译文

陆羽的新居离城不远，但已很幽静，沿着野外小路一直走到桑麻丛中才能见到。篱笆边的菊花大概是搬来后才种的，秋天到了还未曾开花。敲门无人应答，竟连一声狗叫都没有，我决定向西家邻居打听情况。邻人说他到山里去了，总要到太阳西下的时候才回来。

赏析

这首诗前半部分写陆羽隐居之地的景色，后半部分写不遇的情况，看似都不在陆羽身上着笔，而最终还是为了写人，将陆羽的隐居生活状态写了出来。

桑麻

桑麻种植是古代农业解决衣着问题最重要的经济活动，即植桑、饲蚕、取茧和植麻取其纤维。随着历史发展，桑麻的含义也更加丰富，如『杜曲桑麻』泛指故土田园，『鸡犬桑麻』是指乡村的安静生活。

诗词天地

一代茶圣陆羽

陆羽是唐代著名的茶学家，被誉为“茶圣”。

陆羽原来是个被遗弃的孤儿。一日清晨，竟陵龙盖寺住持智积禅师在西郊散步，忽然听到一阵雁叫，只见不远处有一群大雁围在一起，他匆匆赶去，看见一个弃儿蜷缩在大雁羽翼下，瑟瑟发抖，智积禅师快步把他抱回了寺庙里。

陆羽在智积禅师的抚育下，学文识字，习诵佛经，为他煮茶伺汤，但就是不肯削发为僧。智积禅师为使陆羽听话，就用杂务来磨炼他，每天让他打扫寺院，清洁厕所，负瓦盖屋，还让他放牛。但陆羽仍不肯就范，到了十一岁时，他乘人不备，逃出了寺院，到一个戏班子里做了优伶。

陆羽诙谐善辩，虽其貌不扬，且有口吃的毛病，但他在戏中演的丑角幽默机智，常常受到观众的欢迎。

唐天宝五年（746），河南尹李齐物被贬，到竟陵来当太守，县令为太守办接风宴，让陆羽所在的戏班子来捧场。太守看完演出，对陆羽很赏识，于是召见他，赠以诗书，并介绍他到天门西北的火门山邹夫子那里去读书。读书之余，陆羽也常为邹夫子煮茶烹茗。

756 年，由于安史之乱，关中难民蜂拥南下，陆羽也随之过江。在此后的生活中，他收集了不少长江中下游和淮河流域各地的茶叶资料。

765 年，陆羽终于写成了世界上第一部茶叶专著《茶经》。

诗路小憩

诗词大会

一、请在下面的空缺处填上植物的名称。

1. 解落三秋____，能开二月____。

2. 不是花中偏爱____，此花开尽更无花。

3. 遥知兄弟登高处，遍插________少一人。

4. 移家虽带郭，野径入________。

5. 过江千尺浪，入____万竿斜。

6. 中庭地白树栖鸦，冷露无声湿________。

7. 山空________落，幽人应未眠。

二、写出几句含有动物名称的古诗词。

1. ____________，____________。

2. ____________，____________。

3. ____________，____________。

4. ____________，____________。

5. ____________，____________。

一天一首古诗词·秋

liáng zhōu cí
凉州词[1]

［唐］王　翰[2]

pú tao měi jiǔ yè guāng bēi
葡萄美酒夜光杯[3]，

yù yǐn pí pa mǎ shàng cuī
欲饮琵琶马上催。

zuì wò shā chǎng jūn mò xiào
醉卧沙场君[4]莫笑，

gǔ lái zhēng zhàn jǐ rén huí
古来[5]征战[6]几人回？

注释

❶ **凉州词：** 唐代曲名，起源于凉州（今甘肃省武威市）一带。❷ **王翰**（687—726），字子羽，唐代边塞诗人。❸ **夜光杯：** 用美玉制成的杯子，夜间能够发光。这里指极精致的酒杯。❹ **君：** 你。❺ **古来：** 自古以来。❻ **征战：** 出征打仗。

译文

夜光酒杯里盛着鲜美的葡萄酒，我正想开怀畅饮时，却突然传来马上琵琶的催促之声。要是我醉倒在战场上，你可不要笑话，自古以来，出征打仗的将士，又有几个能安然归来呢？

赏析

全诗抒发的是反战的情绪，所揭露的是自有战争以来生还者极少的悲惨事实。但诗中却以豪迈旷达之笔，表现了诗人视死如归的悲壮。

琵琶

琵琶是古代文人骚客们喜欢的乐器，很多文学名篇也与琵琶结下了不解之缘，像白居易的《琵琶行》、王翰的《凉州词》等。琵琶这种乐器已有两千多年的历史，是东亚传统弹拨乐器。最早被称为『琵琶』的乐器大约出现在中国秦朝。

fú róng lóu sòng xīn jiàn

芙蓉楼送辛渐

［唐］王昌龄[1]

hán yǔ lián jiāng yè rù wú

寒雨连江[2]夜入吴[3]，

píng míng sòng kè chǔ shān gū

平明[4]送客楚山[5]孤。

luò yáng qīn yǒu rú xiāng wèn

洛阳亲友如相问，

yí piàn bīng xīn zài yù hú

一片冰心在玉壶[6]。

注释

❶**王昌龄**（约698—约757），字少伯，盛唐著名边塞诗人，后人誉为“七绝圣手”。❷**连江：**雨水和江面连成一片。形容雨很大。❸**吴：**三国时吴国在长江下游一带，所以称这一带为吴。❹**平明：**天刚亮。❺**楚山：**春秋时的楚国在长江中下游一带，所以称这一带的山为楚山。❻**冰心在玉壶：**像冰一样晶莹的心放在玉制的壶中，比喻心地纯洁正直。

译文

夜里冷冷的雨水和江面连成一片，洒满吴地。今天清晨我送走朋友，只留下楚山的孤影。洛阳的亲朋好友要是问起我来，就请转告他们，我的心依然如同装在玉壶里的冰一样晶莹纯洁。

赏析

此诗那苍茫的江雨和孤峙的楚山，不仅烘托出诗人送别时的孤寂之情，更展现了诗人开朗的胸怀和坚毅的性格。

芙蓉楼

王昌龄的《芙蓉楼送辛渐》使芙蓉楼天下闻名，芙蓉楼因此成为名胜古迹。如今，芙蓉楼有两处，分别在江苏镇江和湖南洪江。《芙蓉楼送辛渐》所述为镇江的芙蓉楼。

mù jiāng yín
暮江吟[1]

［唐］白居易[2]

yí dào cán yáng pū shuǐ zhōng
一道残阳铺水中，

bàn jiāng sè sè bàn jiāng hóng
半江瑟瑟[3]半江红。

kě lián jiǔ yuè chū sān yè
可怜[4]九月初三夜，

lù sì zhēn zhū yuè sì gōng
露似真珠[5]月似弓。

注释

❶**吟**：古代诗歌体裁的一种。❷**白居易**（772—846），字乐天，号香山居士，唐朝著名诗人。与元稹共同倡导新乐府运动，世称“元白”，与刘禹锡并称“刘白”。❸**瑟瑟**：形容未受到残阳照射的江水所呈现的青绿色。❹**可怜**：可爱。❺**真珠**：珍珠。

译文

一道残阳渐渐沉没在江中，江中的水一半碧绿一半艳红。最可爱的是那九月初三的夜晚，江岸边的露珠像一颗颗珍珠，月亮则像一把弯弓。

赏析

诗人通过对“残阳”“露”“江”“月”等自然景象的描写，创造出和谐、宁静的意境，用新颖巧妙的比喻来为大自然敷彩着色，描容绘形，给读者展现了一幅绝妙的画卷。

诗词中的色彩

都说诗是无形的画，诗画同源。诗人们在写诗时，对颜色的运用非常用心。他们调动各种色彩来描述景物，在很多诗歌作品中，所描绘的意象都生动鲜明、色彩斑斓、变幻无穷。

shān xíng
山行①

［唐］杜　牧

yuǎn shàng hán shān shí jìng xié
远上寒山②石径斜③，

bái yún shēng chù yǒu rén jiā
白云生④处有人家。

tíng chē zuò ài fēng lín wǎn
停车坐⑤爱枫林晚，

shuāng yè hóng yú èr yuè huā
霜叶红于二月花⑥。

注释

❶ **山行：** 在山里走。❷ **寒山：** 指深秋时节的山。❸ **石径斜：** 石头铺成的小路蜿蜒曲折。径，小路。斜，一读“xiá”，倾斜的意思。❹ **生：** 产生，生出。❺ **坐：** 因为，由于。❻ **红于二月花：** 比二月里开的花还要红艳。于，比。

译文

一条弯弯曲曲的小路通向深秋的山里，白云缭绕的地方依稀住着几户人家。我停下车，只因喜爱傍晚时枫林的美景，那历经风霜的枫叶简直比二月的花朵还要红艳动人。

赏析

这首诗描绘的是秋之色，展现了一幅动人的山林秋色图。山路、人家、白云、红叶，巧妙地联系在了一起，构成了一幅和谐统一的画面。全诗构思新颖，布局精巧，不仅即兴咏景，而且咏物言志，是诗人内在精神世界的表露和志趣的寄托，给读者启迪和鼓舞。

霜叶

在古代，人们常常把红叶和霜联系起来。白居易有『晓晴寒未起，霜叶满阶红』，刘长卿有『摇落暮天迥，青枫霜叶稀』。古人认为红叶是霜染就的，其实也不无道理，有霜的时候，通常昼夜温差大，导致树叶很快变红。

chí shàng

池上

［唐］白居易

niǎo niǎo liáng fēng dòng, qī qī hán lù líng.

袅袅❶凉风动，凄凄❷寒露零。

lán shuāi huā shǐ bái, hé pò yè yóu qīng.

兰衰花始白，荷破叶犹青。

dú lì qī shā hè, shuāng fēi zhào shuǐ yíng.

独立栖沙鹤，双飞照水萤❸。

ruò wéi liáo luò jìng, réng zhí jiǔ chū xǐng.

若为寥落境，仍值酒初醒。

注释

❶ **袅袅**：指烟雾缭绕升腾状，此处形容池塘水波随风摆动。❷ **凄凄**：形容寒凉。❸ **水萤**：全名水萤花，花季在秋季，只生长在水边。

译文

池水随秋风而晃动，寒露时节甚是寒冷。兰花开始衰败，荷花虽破，叶子却还是青色的。白鹤站立在沙滩上，飞起的时候照见水萤花。要说寥落萧条的景象，还是酒后初醒的时候所看到的。

赏析

这首诗写的是诗人在酒后初醒时，看到池塘中一片衰败的秋景，心中似有怅然若失之感。

寒露

寒露是农历二十四节气中的第十七个节气，秋天的第五个节气，表示秋天即将结束。寒露的意思是气温比白露时更低，地面的露水更冷。寒露有三候：“一候鸿雁来宾，二候雀入大水为蛤，三候菊有黄华。”

王昌龄之死

很多有才华的诗人生命的结局往往让人遗憾，如王勃坠海、李白溺江，王昌龄也是如此。

在唐朝，被称为“诗家夫子”和“七绝圣手”的王昌龄一生漂泊，仕途艰辛。30 岁左右，王昌龄考中进士，跻身朝堂之中，在仕途上有所发展，先被授予秘书省校书郎的职位，之后辗转改任汜水县尉，被贬岭南，而后任江宁丞。数年之后，安史之乱爆发，唐玄宗逃往成都，太子李亨在灵武称帝。王昌龄被贬为龙标尉，时年 59 岁，他看见天下大乱，经过一番慎重考量，离开龙标还乡，经武陵一路沿江东去。

756 年冬到 757 年十月间，王昌龄路经亳州，当地刺史闾丘晓嫉妒他的才华，害怕他在自己管辖的地区大出风头，威胁到自己的官职，竟然将王昌龄杀害。王昌龄被杀后，人们纷纷斥责闾丘晓，闾丘晓最终伏法，但一代才子已然殒没，终成遗憾。

诗路小憩

诗词大会

一、写出几句含有叠字的古诗词。

示例：一道残阳铺水中，半江瑟瑟半江红。

1. ______________，______________。

2. ______________，______________。

3. ______________，______________。

4. ______________，______________。

二、从下面的十六宫格中各识别出一句古诗词。

可	寒	山	红
夜	怜	叶	上
石	霜	月	催
于	二	九	花

一	三	战	冰
亲	友	壶	征
初	片	几	玉
在	如	心	云

葡	洛	欲	相
阳	萄	琶	酒
马	三	夜	问
美	光	杯	琵

有	似	云	晚
白	露	坐	珠
弓	枫	停	怜
月	真	林	似

jìng yè sī

静夜思[1]

［唐］李　白

chuáng qián míng yuè guāng
床[2]前明月光，

yí shì dì shàng shuāng
疑[3]是地上霜。

jǔ tóu wàng míng yuè
举头望明月，

dī tóu sī gù xiāng
低头思故乡。

注释

❶ **静夜思：** 宁静的夜晚所引起的乡思。❷ **床：** 古时的一种坐具，可坐可卧，并非现在的“床”。❸ **疑：** 怀疑。

译文

皎洁的月光映照在床前，地上好像铺了一层白霜。抬头望着天上的一轮明月，不由得低头思念起远方的故乡。

赏析

这首小诗，既没有奇特新颖的想象，也没有华美的辞藻，它只是用叙述的方式，写出了诗人的思乡之情，然而却意韵深长，耐人寻味。

明月

明月本是自然界的一个客观物体，但古人对它始终充满着各种想象，从而诞生了很多和明月有关的神话、诗词。明月在中国历史文化和文学艺术中的地位十分显赫。在古诗词中，明月常用来表现边塞悲凉、时间的流逝、思乡的愁绪等。

gǔ lǎng yuè xíng
古朗月行[1]（节选）

［唐］李　白

xiǎo shí bù shí yuè
小时不识月，

hū zuò bái yù pán
呼作[2]白玉盘[3]。

yòu yí yáo tái jìng
又疑瑶台镜，

fēi zài qīng yún duān
飞在青云端。

注释

❶ **古朗月行：**“朗月行”是乐府古题。诗人借用古题，故称“古朗月行”。❷ **呼作：**叫作，称作。❸ **白玉盘：**用白玉制成的盘子。这里比喻月亮又亮又圆。

译文

小时候不认识月亮，叫它白玉盘。又怀疑它是天宫里的仙镜，飘在青云之上。

赏析

诗人运用浪漫主义的创作方法，通过丰富的想象、神话传说的巧妙加工，塑造了瑰丽神奇而含意深蕴的艺术情境。

瑶台

传说瑶台是神仙所居之地，而在人间却真有瑶台旧址。像蓬莱瑶台，建于雍正三年（1725）前后，时称蓬莱洲，乾隆初年定名蓬岛瑶台，在福海中央作大小三岛，岛上建筑为仙山楼阁的样子。

qī bù shī

七步诗

［三国］曹　植[1]

zhǔ dòu chí zuò gēng, lù shū yǐ wéi zhī.
煮豆持[2]作羹[3]，漉菽以为汁[4]。

qí zài fǔ xià rán, dòu zài fǔ zhōng qì.
萁[5]在釜[6]下燃，豆在釜中泣。

běn zì tóng gēn shēng, xiāng jiān hé tài jí?
本自同根生，相煎[7]何[8]太急？

注释

❶ **曹植**（192—232），字子建，是曹操的第三子，魏文帝曹丕的弟弟。❷ **持**：用来。❸ **羹**：用肉或者菜做成的糊状食物。❹ **漉菽以为汁**：把豆子的残渣过滤出去，留下豆汁作羹。漉，过滤。菽，豆。❺ **萁**：豆类植物脱粒后剩下的茎。❻ **釜**：锅。❼ **相煎**：指互相残害。❽ **何**：为何，为什么。

译文

烧豆茎来煮豆子，把豆子的残渣过滤出去，留下豆汁来做羹。豆茎在锅下燃烧，豆子在锅中哭泣。豆子和豆茎原本是从同一条根上长成的，豆茎煎熬豆子，又为什么这样急迫呢？

赏析

这首诗用同根而生的萁和豆来比喻同父共母的兄弟，用萁煎其豆来比喻同胞骨肉的哥哥曹丕残害弟弟曹植，表达了诗人对曹丕的强烈不满，生动形象、深入浅出地反映了封建统治集团内部的残酷斗争和诗人自身处境的艰难。

七步成诗

曹丕称帝后，担心有学识又有政治志向的弟弟曹植会威胁到自己的皇位。一天，他命曹植在七步之内写一首诗，不然就杀掉他。曹植知道哥哥存心陷害自己，无法开脱，只好在极度悲愤中于七步之内成诗，这就是后来流传的《七步诗》。

yě wàng

野望

［唐］王　绩[1]

dōng gāo bó mù wàng，xǐ yǐ yù hé yī。
东皋[2]薄暮[3]望，徙倚[4]欲何依。

shù shù jiē qiū sè，shān shān wéi luò huī。
树树皆秋色，山山唯落晖[5]。

mù rén qū dú fǎn，liè mǎ dài qín guī。
牧人驱犊[6]返，猎马带禽[7]归。

xiāng gù wú xiāng shí，cháng gē huái cǎi wēi。
相顾无相识，长歌怀采薇。

注释

❶ **王绩**（约589—644），字无功，号东皋子，初唐诗人。❷ **东皋**：诗人隐居的地方。❸ **薄暮**：傍晚。薄，迫近。❹ **徙倚**：徘徊，来回地走。❺ **落晖**：落日。❻ **犊**：小牛，这里指牛群。❼ **禽**：鸟，这里指猎物。

译文

傍晚时分，我站在东皋纵目远望，徘徊不定不知该归依何方。层层树林都染上了秋天的色彩，重重山岭披覆着落日的余光。牧人驱赶着牛群返回家园，猎人带着猎物驰过我的身旁。大家相互看看，彼此不相识，我长啸高歌怀念古代隐士采薇隐居的生活。

赏析

这首诗写的是山野秋景。诗中对景物的描写有静有动，有远有近，恰到好处地描绘出了一幅山家晚秋图。诗歌于景色描写中流露出孤独抑郁的心情，抒发了诗人惆怅、孤寂的情怀。

采薇

『薇』是一种野菜。相传周武王灭商之后，伯夷和叔齐不肯投降周朝，便在首阳山隐居起来，靠采薇为生。后人就常用『采薇』来代指隐居的生活，如李白的『采薇行笑歌，眷我情何已』等。

yǐn jiǔ

饮酒

［晋］陶渊明[1]

jié lú zài rén jìng, ér wú chē mǎ xuān

结庐[2]在人境，而无车马喧[3]。

wèn jūn hé néng ěr? xīn yuǎn dì zì piān

问君何能尔[4]？心远地自偏。

cǎi jú dōng lí xià, yōu rán jiàn nán shān

采菊东篱下，悠然见南山。

shān qì rì xī jiā, fēi niǎo xiāng yǔ huán

山气日夕佳，飞鸟相与还。

cǐ zhōng yǒu zhēn yì, yù biàn yǐ wàng yán

此中有真意，欲辨已忘言。

注释

❶ **陶渊明**（352或365—427），字元亮，又名潜，私谥“靖节”，世称靖节先生，田园诗人始祖，被称为“古今隐逸诗人之宗”。❷ **结庐**：建造住宅，这里指居住的意思。❸ **车马喧**：指世俗交往的喧扰。❹ **何能尔**：为什么能这样。尔，如此，这样。

译文

居住在人世间，却没有车马的喧嚣。问我为何能如此？只要心志高远，自然就会觉得所处地方僻静了。在东篱之下采摘菊花，悠然间，那远处的南山映入眼帘。山中的气息与傍晚的景色十分美好，有飞鸟结伴归来。这里面蕴含着人生的真正意义，想要辨识，却不知怎样表达。

赏析

这首诗的意境可分为两层：前四句为一层，写诗人摆脱世俗烦恼后的感受；后六句为一层，写南山的美好晚景和诗人从中获得的无限乐趣。全诗表现了诗人热爱田园生活的真情和高洁人格。

南山

南山最早出现在典籍中的记录是《诗经·小雅·天保》，现在流传的『寿比南山』也是由此而出。但是，南山之名并非独家所有，历来说法纷纭，比如西安城南的终南山、山东青州市南云门山以及南岳衡山都曾被称为『南山』。

陶渊明不为五斗米折腰

405年秋，陶渊明为了养家糊口，来到离家乡不远的彭泽当县令。这年冬天，陶渊明到任81天时，浔阳郡派遣督邮来检查公务。浔阳郡的督邮以凶狠贪婪远近闻名，每年两次以巡视为名向辖县索要贿赂，每次都是满载而归，否则便对在任官员栽赃陷害。他一到彭泽的旅舍，就差县吏去叫县令来见他。

陶渊明平时蔑视功名富贵，不肯趋炎附势，对这种假借上司名义发号施令的人很瞧不起，但也不得不去一见，于是他准备动身。不料县吏拦住陶渊明说："大人，参见督邮要穿官服，并且束上大带，不要失了体统。督邮若乘机大做文章，会对大人不利的！"

这一下，陶渊明再也忍受不下去了，他长叹一声，道："我不能为五斗米向乡里小人折腰！"说罢，他索性取出官印，把它封好，并马上写了一封辞职信，随即离开了彭泽。

诗路小憩

诗词大会

一、古诗接龙。（后一句中要包含前一句的最后一个字）

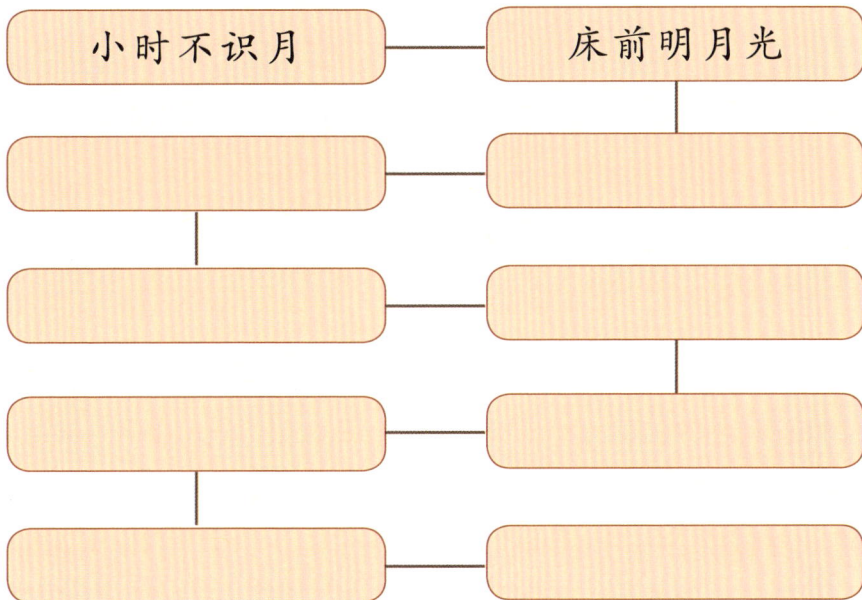

小时不识月 —— 床前明月光

二、回答下列问题。

1.《静夜思》表达了诗人怎样的感情？

____

2. 据说，七步诗是曹植因谁而做的？

____

3.“采菊东篱下，悠然见南山”出自哪首诗？作者是谁？

____

zhōu yè shū suǒ jiàn
舟夜书所见

［清］查慎行❶

yuè hēi jiàn yú dēng
月黑见渔灯，

gū guāng yì diǎn yíng
孤光❷一点萤。

wēi wēi fēng cù làng
微微风簇❸浪，

sàn zuò mǎn hé xīng
散作满河星。

注释

❶**查慎行**（1650—1727），清代诗人，字悔余，号他山，其诗多写旅途生活中的见闻感受、自然景物等，善用白描手法，通俗易懂。❷**孤光**：孤零零的灯光。❸**簇**：拥起。

译文

漆黑的夜晚看不见月亮，只能看见那渔船上的灯光，孤独的灯光在茫茫的夜色中，像萤火虫一样发出一点微亮。微风阵阵，河水泛起层层波浪，渔灯的微光在水面上散开，河面上好像散落着无数的星星。

赏析

诗人在这首诗中捕捉到了转瞬即逝的美丽景物。诗的前两句是静态描写，把暗色和亮色联系在一起，形象鲜明。后两句为动态描写，“微微”体现了风的小，渲染了宁静的气氛。最后一句为诗歌增添了画面感，景象极具意境。

萤火虫

萤火虫因其尾部会闪闪发光而得名，喜欢在夏秋的夜晚，尤其是人烟稀少、水质洁净的水边飞舞。古人赋予过它们种种诗意。到了现代，人们追逐萤火虫的光，将其视为一种美和浪漫，或者象征对希望的追求。

fēngqiáo yè bó

枫桥夜泊

［唐］张　继[1]

yuè luò wū tí shuāng mǎn tiān
月落乌啼[2]霜满天[3]，

jiāng fēng yú huǒ duì chóu mián
江枫渔火对愁眠。

gū sū chéng wài hán shān sì
姑苏[4]城外寒山寺[5]，

yè bàn zhōng shēng dào kè chuán
夜半钟声[6]到客船。

注释

❶ **张继：** 字懿孙，唐代诗人。❷ **乌啼：** 乌鸦的啼叫。❸ **霜满天：** 指遍地寒霜。❹ **姑苏：** 苏州的别称。❺ **寒山寺：** 枫桥附近的一座寺院，相传唐代僧人寒山曾住在这里。❻ **夜半钟声：** 唐代寺院有半夜打钟的习惯。

译文

月亮落下去了，乌鸦叫个不停，夜色中处处弥漫着寒霜。看着江边的枫树和渔船上的灯光，心中的愁绪使我难以入眠。夜半时分，苏州城外的寒山寺响起了钟声，悠悠地飘到了我的客船上。

赏析

这首诗用短短四句包蕴了丰富的意象，用充满诗意的语言创造了一个优美的意境。这是一首情景交融的诗，通过描绘秋江月夜的景象，表达了诗人的旅途寂寞和缕缕愁思。

寒山

唐代僧人寒山和拾得都是有名的得道高僧。一日寒山问拾得："世间有人谤我、欺我、辱我、笑我、轻我、贱我、恶我、骗我，该如何处之乎？"拾得云："只需忍他、让他、由他、避他、耐他、敬他、不要理他，再待几年，你且看他。"

yè shū suǒ jiàn
夜书所见

[宋]叶绍翁[1]

xiāo xiāo wú yè sòng hán shēng
萧萧[2]梧叶送寒声，

jiāng shàng qiū fēng dòng kè qíng
江上秋风动客情。

zhī yǒu ér tóng tiǎo cù zhī
知有儿童挑[3]促织，

yè shēn lí luò yì dēng míng
夜深篱落[4]一灯明。

注释

❶**叶绍翁**：字嗣宗，号靖逸，南宋诗人。❷**萧萧**：风声。❸**挑**：用细长的物件逗引。❹**篱落**：篱笆。

译文

瑟瑟的秋风吹动梧桐树叶，送来阵阵寒意，江上吹来秋风，使出门在外的我不禁思念起自己的家乡。家中几个小孩想必还在兴致勃勃地斗蟋蟀呢，夜深人静了还亮着灯不肯睡。

赏析

这是一首写乡愁的诗，前两句写梧叶、寒声、秋风，烘托了游子漂泊流浪、孤单寂寞的凄凉之感。后两句写诗人的联想，他想到家中的孩子们正在斗蟋蟀的情景。诗人抒发了一种客居他乡的孤寂落寞之感，表达了自己浓浓的思乡之情。

促织

促织是蟋蟀的别称，亦称『趋织』『吟蛩』『蛐蛐儿』。因其能鸣善斗，自古就有人以斗蟋蟀为游戏。人们在闲暇之余，带上自己的『宝贝』，聚到一起一争高下。最有名的『促织』故事，当推蒲松龄在《聊斋志异》里写的同名短篇小说。

商山早行
shāng shān zǎo xíng

［唐］温庭筠[1]

晨起动征铎[2]，客行悲故乡。
chén qǐ dòng zhēng duó，kè xíng bēi gù xiāng。

鸡声茅店月，人迹板桥霜。
jī shēng máo diàn yuè，rén jì bǎn qiáo shuāng。

槲[3]叶落山路，枳[4]花明驿墙。
hú yè luò shān lù，zhǐ huā míng yì qiáng。

因思杜陵梦，凫[5]雁满回塘[6]。
yīn sī dù líng mèng，fú yàn mǎn huí táng。

注释

❶ **温庭筠**（约812—约866），唐代诗人、词人，本名岐，字飞卿，有“温八叉”之称，与李商隐并称“温李”，花间词派鼻祖。❷ **动征铎**：震动出行的铃铛。征铎，远行马车所挂的铃铛。❸ **槲**：一种落叶乔木。❹ **枳**：也叫“枸橘（gōu jú）”，一种落叶灌木，开白花，果实可入药。❺ **凫**：野鸭。❻ **回塘**：池岸曲折的水塘。

译文

清早起来，车马的铃铎已叮当作响，引起游子思乡的悲伤。雄鸡打鸣报晓时，茅店上空还挂着一轮残月，板桥上的清霜已印满了行人的足迹。槲树叶落满了山路，枳树花鲜艳地开放在驿站墙边。因为思念故乡，昨夜梦回杜陵，家中的池塘里满是野鸭和大雁。

赏析

这首诗通过鲜明的艺术形象，真切地反映了古代社会里旅人的某些共同感受。诗中实景与虚景相结合，将旅途中的见闻、景象和梦中故乡的景色生动地展现了出来，表现了游子的思乡之情。

大雁

在古代，大雁是书信的代名词。这是由于大雁是一种候鸟，春来北方，秋返南方，因此人们认为大雁能传递书信，带去游子们对故乡亲人的思念，带去自己羁旅中的愁怀，因而书信又被称作『飞鸿』『鸿书』等。

tiān jìng shā qiū
天净沙[1]·秋

［元］白　朴[2]

gū cūn luò rì cán xiá
孤村落日残霞[3]，

qīng yān lǎo shù hán yā
轻烟老树寒鸦，

yì diǎn fēi hóng yǐng xià
一点飞鸿影下[4]。

qīng shān lǜ shuǐ
青山绿水，

bái cǎo hóng yè huáng huā
白草[5]红叶[6]黄花[7]。

注释

❶**天净沙：**曲牌名。❷**白朴**（1226—约1306），原名恒，字仁甫，后改名朴，字太素，号兰谷。他与关汉卿、马致远、郑光祖合称为“元曲四大家”。❸**残霞：**快消散的晚霞。❹**飞鸿影下：**雁影掠过。飞鸿，天空中的鸿雁。❺**白草：**枯萎而不凋谢的白草。❻**红叶：**枫叶。❼**黄花：**菊花。

译文

太阳渐渐西沉，天边的晚霞也逐渐开始消散，映照着远处的村庄非常孤寂。雾淡淡飘起，几只乌鸦栖息在老树上，远处的一只大雁飞掠而下，划过天际。举目四望，山清水秀，霜白的小草、火红的枫叶、金黄的菊花，在风中一齐摇曳着。

赏析

这首曲描绘出了一幅绝妙的秋景图。前三句渲染出一派深秋凄凉之状，后两句，作者却将笔锋一转，描绘出一幅明丽之景，与前面所营造的气氛形成反差，为秋天平添了许多生机和活力。

寒鸦

在很多诗句中出现“寒鸦”一词，往往表达了诗人的孤寂、悲凉之感，如李白的“落叶还散，寒鸦栖复惊”，辛弃疾的“晚日寒鸦一片愁”等，多描绘秋日黄昏景象，表达冷清、寂寥之意。

霜降

诗词天地

霜降是二十四节气中的第十八个节气，是秋天的最后一个节气，是秋天和冬天的分界。霜降到来，天气渐冷、初霜出现，意味着要进入冬天了。古代将霜降分为三候："一候豺乃祭兽；二候草木黄落；三候蛰虫咸俯。"霜降的时候，人们有一些特别的民俗活动。

吃柿子

在我国的一些地方，霜降时节要吃红柿子。在当地人看来，这样不但可以御寒保暖，同时还能补筋骨。

登　高

霜降时节有登高远眺的习俗。登高可以使人呼吸舒畅，并且，登至高处极目远眺，心旷神怡，可舒缓心情。

赏　菊

古时有"霜打菊花开"之说，所以登高山，赏菊花，也就成为霜降这一节令的雅事。南朝梁代吴均的《续齐谐记》中记载："霜降之时，唯此草盛茂。"霜降时节正是秋菊盛开的时候，我国很多地方在这时要举行菊花会，赏菊饮酒。

拔萝卜

有句农谚："处暑高粱，白露谷，霜降到了拔萝卜。"霜降以后早晚温差大，露地萝卜不及时收获将出现冻皮等情况，影响萝卜的品质和收成。因此这时要拔萝卜。

诗路小憩

诗词大会

一、写出几句关于夜晚的诗词。

1. ______，______。

2. ______，______。

3. ______，______。

4. ______，______。

5. ______，______。

二、“诗是无形画”，试着画出下面词句所展现的画面。

青山绿水，
白草红叶黄花。

sù jiàn dé jiāng
宿建德江

［唐］孟浩然

yí zhōu bó yān zhǔ
移舟泊①烟渚②，

rì mù kè chóu xīn
日暮客愁新③。

yě kuàng tiān dī shù
野旷④天低树⑤，

jiāng qīng yuè jìn rén
江清月近⑥人。

注释

❶ **泊：** 停船靠岸。❷ **烟渚：** 江中雾气笼罩的小沙洲。❸ **客愁新：** 诗人刚产生的愁思。客，诗人自指。❹ **野旷：** 指原野空旷辽阔。❺ **天低树：** 天幕低垂，好像和树木相连。❻ **近：** 亲近。

译文

客船停靠在雾气笼罩的沙洲旁，苍茫的暮色让人心中平添新的愁思。原野空旷，低垂的天幕好像和树木相连。清澈的江水中，月亮的倒影显得分外明亮，似乎与人更亲近了。

赏析

此诗先写羁旅夜泊，再叙日暮添愁；然后写到宇宙广袤宁静，明月伴人更亲。一隐一现，虚实相间，两相映衬，互为补充，构成一个特殊的意境。

船行

古代的船舶没有现代动力装置，主要通过篙、桨、橹、风帆来获得动力。篙是一根长竹竿或木棒，是一种最简单的推进工具。桨是原始的船舶推进工具之一，利用桨划水，舟的漂流速度更快。橹一般支在船尾或船侧的橹檐上，用手摇动橹，使伸入水中的橹板左右摆动。风帆是利用自然界的风作为动力，使船舶的航速、航区大为扩展。

zèng liú jǐng wén
赠刘景文[1]

［宋］苏 轼[2]

hé jìn yǐ wú qíng yǔ gài
荷尽已无擎[3]雨盖，
jú cán yóu yǒu ào shuāng zhī
菊残犹有傲霜枝。
yì nián hǎo jǐng jūn xū jì
一年好景君[4]须记，
zuì shì chéng huáng jú lǜ shí
最是橙黄橘绿时。

注释

❶ **刘景文：** 诗人的好朋友。❷ **苏轼**（1037—1101），字子瞻，号东坡，北宋著名文学家、书法家、画家。❸ **擎：** 举，向上托。❹ **君：** 对对方的尊称，相当于“您”。

译文

荷花凋谢，连那举起来挡雨的荷叶也枯萎了，只有那开败了菊花的花枝还傲然挺立在寒霜中。一年中最好的景致您一定要记住，那就是在橙子金黄、橘子青绿的时节啊。

赏析

古人写秋景，大多气象衰飒，带着悲秋情绪。然而此处却一反常情，写出了深秋时节的丰硕景象，显露了勃勃生机，给人以积极昂扬之感。

苏轼为官

苏轼一生虽多次遭贬，漂泊不定，但为官一任，总是造福一方：在杭州，他疏浚西湖、修筑苏堤；在徐州，他率领军民奋战七十余日抢修防洪大堤；在广东惠州，他用山间的竹子建设了供水系统，引泉入城，供百姓饮用。

hán jú
寒 菊

［宋］郑思肖[1]

huā kāi bú bìng bǎi huā cóng
花开不并[2]百花丛，

dú lì shū lí qù wèi qióng
独立疏篱[3]趣未穷[4]。

nìng kě zhī tóu bào xiāng sǐ
宁可枝头抱香死，

hé céng chuī luò běi fēng zhōng
何曾吹落北风中。

注释

❶ **郑思肖**（1241—1318），宋末诗人、画家，自称菊山后人、三外野人，著有《心史》《郑所南先生文集》《所南翁一百二十图诗集》等。❷ **不并：** 不合、不靠在一起。并，一起。❸ **疏篱：** 稀疏的篱笆。❹ **未穷：** 未尽，无穷无尽。

译文

你在秋天盛开，从不与百花为丛。独立在稀疏的篱笆旁边，你的情操意趣并未衰穷。宁可在枝头上怀抱着清香而死，绝不会吹落于凛冽的北风之中！

赏析

这是一首咏菊诗，表现出菊花的美丽与傲霜斗风的品质。诗人借歌颂傲骨凌霜、孤傲绝俗的菊花，表达了坚守高尚节操、宁死不屈的气节。

抱香死

菊花枯萎后仍然挂在枝头上，所以说是抱香死。宋代诗人对菊花枯死枝头的咏叹，已成不解的情结，这可能与南宋偏安的隐痛有关。陆游在《枯菊》中有『空余残蕊抱枝干』的诗句，朱淑贞在《黄花》中有『宁可抱香枝上老，不随黄叶舞秋风』的诗句。

qiū dēng xuānchéng xiè tiǎo běi lóu

秋登宣城谢朓北楼[1]

［唐］李　白

jiāng chéng rú huà lǐ， shān wǎn wàng qíng kōng。
江城[2]如画里，山晚望晴空。

liǎng shuǐ jiá míng jìng， shuāng qiáo luò cǎi hóng。
两水[3]夹明镜[4]，双桥落彩虹。

rén yān hán jú yòu， qiū sè lǎo wú tóng。
人烟[5]寒橘柚，秋色老梧桐。

shuí niàn běi lóu shàng， lín fēng huái xiè gōng。
谁念北楼上，临风怀谢公[6]。

注释

❶ **谢朓北楼：** 在安徽省宣城市阳陵山顶。谢朓是南齐诗人，此楼是他任宣城太守时所建。❷ **江城：** 指宣城。❸ **两水：** 指宛溪和句溪。宛溪和句溪上有凤凰、济川两座桥。❹ **明镜：** 指拱桥桥洞和它在水中的倒影合成的圆形，像明亮的镜子一样。❺ **人烟：** 炊烟。❻ **谢公：** 指谢朓。

译文

宣城优美的风景犹如画一般，傍晚站在谢朓北楼上观赏晴空晚景。宛溪、句溪水流清澈，凤凰、济川二桥的拱门和水中的倒影合成圆形，有如明镜，又像跨过溪水的彩虹。炊烟袅袅飘入橘柚林中，平添了一分寒意；秋意浓浓，梧桐树叶纷纷落地。谁会想到在这北楼上，还有人面对秋风怀念诗人谢朓呢。

赏析

诗人用极其凝练的语言，在随意点染中勾勒出一个深秋的轮廓，表现出季节和环境的气氛，不仅写出了秋景，而且写出了秋意。

彩虹

彩虹是气象中的一种光学现象。当太阳光照射到半空中的水滴，光线被折射及反射，会在天空中形成拱形的七彩光谱，即彩虹。在古诗中，“虹”经常与“桥”“雨霁”等连用，如“双桥落彩虹”“断虹霁雨，净秋空，山染修眉新绿”等。

dēng gāo

登高

［唐］杜　甫

fēng jí tiān gāo yuán xiào āi，zhǔ qīng shā bái niǎo fēi huí。

风急天高猿啸哀[1]，渚[2]清沙白鸟飞回。

wú biān luò mù xiāo xiāo xià，bú jìn cháng jiāng gǔn gǔn lái。

无边落木[3]萧萧[4]下，不尽长江滚滚来。

wàn lǐ bēi qiū cháng zuò kè，bǎi nián duō bìng dú dēng tái。

万里悲秋常作客[5]，百年[6]多病独登台。

jiān nán kǔ hèn fán shuāng bìn，liáo dǎo xīn tíng zhuó jiǔ bēi。

艰难苦恨繁霜鬓，潦倒新停浊酒杯。

注释

❶ **猿啸哀：**猿的叫声凄厉。❷ **渚：**水中的小块陆地。❸ **落木：**指秋天的落叶。❹ **萧萧：**形容草木飘落的声音。❺ **常作客：**长期漂泊他乡。❻ **百年：**这里指晚年。

译文

风急天高，猿猴啼叫，显得十分悲哀，水清沙白的河洲上有鸟儿在盘旋。无边无际的树木萧萧地飘下落叶，望不到头的长江水滚滚奔腾而来。对着秋景悲伤地感叹，万里漂泊，常年为客，到老了疾病缠身，今日独上高台。历尽了艰难苦恨，白发长满了双鬓，衰颓满心，本可借酒消愁，却因贫病交加刚刚不得不把酒戒了。

赏析

全诗情景交融，通过描写登高所见秋江景色，倾诉了诗人长年漂泊、老病孤愁的复杂感情，慷慨悲凉、动人心弦。

长江

长江是古今文人竞相歌颂的主题。四大名著之一《三国演义》开篇有首词《临江仙》，第一句就是『滚滚长江东逝水』，李白的《送孟浩然之广陵》中有『唯见长江天际流』，诸如此类，不胜枚举。

菊花的象征意义

菊与梅、兰、竹，自古就是中国文人心目中的“四君子”。菊花不仅是中国文人人格和气节的写照，而且被赋予了广泛而深远的象征意义。

隐　士

自从被陶渊明垂青之后，菊花就成了“花之隐逸者也”。陶渊明的《和郭主簿》中写道：“芳菊开林耀，青松冠岩列。怀此贞秀姿，卓为霜下杰。”正是体现了他对菊花高洁、忠贞品格的赞美。东篱下悠然采菊的他，以田园诗人和隐逸者的姿态，赋予菊花独特的隐者风范，菊花从此便有了隐士的灵性。

斗　士

一改菊花隐逸者形象的，当然要数唐末农民起义领袖黄巢了。“飒飒西风满院栽，蕊寒香冷蝶难来。他年我若为青帝，报与桃花一处开。”“待到秋来九月八，我花开后百花杀。冲天香阵透长安，满城尽带黄金甲。”在其带有明显寓意和倾向性的诗作里，菊花成了饱经沧桑的坚强斗士，为民请命，替天行道。

伤　感

李清照是古代著名的女词人，菊花在她笔下成了抒发情思的对象。“薄雾浓云愁永昼，瑞脑消金兽。佳节又重阳，玉枕纱厨，半夜凉初透。东篱把酒黄昏后，有暗香盈袖。莫道不销魂，帘卷西风，人比黄花瘦。”“人比黄花瘦”，一个“瘦”字，抒发了词人因与丈夫久别的伤感愁苦情绪。

高洁品格

菊花枯萎后花瓣一般不会凋落，不会像其他花一样，一片一片掉下来，故有诗人说“堕地良不忍，抱枝宁自枯”，形容人珍惜自己的名节，坚守自己的原则与情操，不向困难与压迫低头，不同流合污的高贵精神。

诗路小憩

诗词大会

一、将下列内容补充完整。

1. ____________，江清月近人。

2. ____________，何曾吹落北风中。

3. 人烟寒橘柚，____________。

4. 艰难苦恨繁霜鬓，____________。

5. ____________，最是橙黄橘绿时。

二、写出几首咏菊的古诗词，写得越多越好。

chánɡ ān qiū wànɡ
长安秋望[1]

［唐］杜 牧

lóu yǐ shuānɡ shù wài
楼倚[2]霜树[3]外，
jìnɡ tiān wú yì háo
镜天[4]无一毫[5]。
nán shān yǔ qiū sè
南山与秋色，
qì shì liǎnɡ xiānɡ ɡāo
气势两相高。

注释

❶ **秋望**：在秋天远望。❷ **倚**：靠着，倚立。❸ **霜树**：指深秋时节的树。❹ **镜天**：像镜子一样明亮、洁净的天空。❺ **无一毫**：没有一丝云彩。

译文

楼阁倚在经霜的树林外，天空如明镜一样无一毫纤云。峻拔的南山与清爽的秋色，气势互不相让，两两争高。

赏析

这首诗的妙处在于它写出长安高秋景色的同时表现了诗人的精神品质。它更接近于写意画，高远、寥廓、明净的秋色，实际上也正是诗人胸怀的象征与外化。

长安

长安是西安的古称，是历史上第一座被称为『京』的都城，也是历史上第一座真正意义上的城市。长安是十三朝古都，是中国四大古都之首。

chū sài
出塞[1]

［唐］王昌龄

qín shí míng yuè hàn shí guān
秦时明月汉时关，
wàn lǐ cháng zhēng rén wèi huán
万里长征人未还。
dàn shǐ lóng chéng fēi jiàng zài
但使[2]龙城飞将[3]在，
bú jiào hú mǎ dù yīn shān
不教[4]胡马[5]度阴山。

注释

❶ **出塞：** 乐府中的一种军歌名称，又称《从军行》。❷ **但使：** 只要。❸ **飞将：** 汉朝名将李广。匈奴惧怕他，称他为“飞将军”。这里泛指英勇善战的将领。❹ **不教：** 不叫，不让。教，让。❺ **胡马：** 指侵扰内地的外族骑兵。

译文

明月朗照边关，秦汉以来战争不断，远离家乡征战的将士们至今没有回来。要是还有李广那样的将军戍守边关，就绝不会让外族侵略者越过阴山。

赏析

诗人并没有对边塞风光进行细致的描绘，他只是选取了征戍生活中的一个典型画面来揭示士卒的内心世界。汉关秦月，无不是融情入景，浸透了人物的感情色彩。诗人把复杂的内容熔铸在这四行诗里，深沉含蓄，耐人寻味。

飞将军

飞将军指的是汉朝的名将李广，他是战国名将李信的后代。有一次，他被匈奴人俘虏了，但他奋力逃脱，还抢了匈奴的一匹马，马上正好有弓箭，于是李广一边策马奔腾，一边张弓搭箭，射死了很多敌人，自己也顺利逃脱。这件事情之后，李广就得到了『飞将军』的称号。

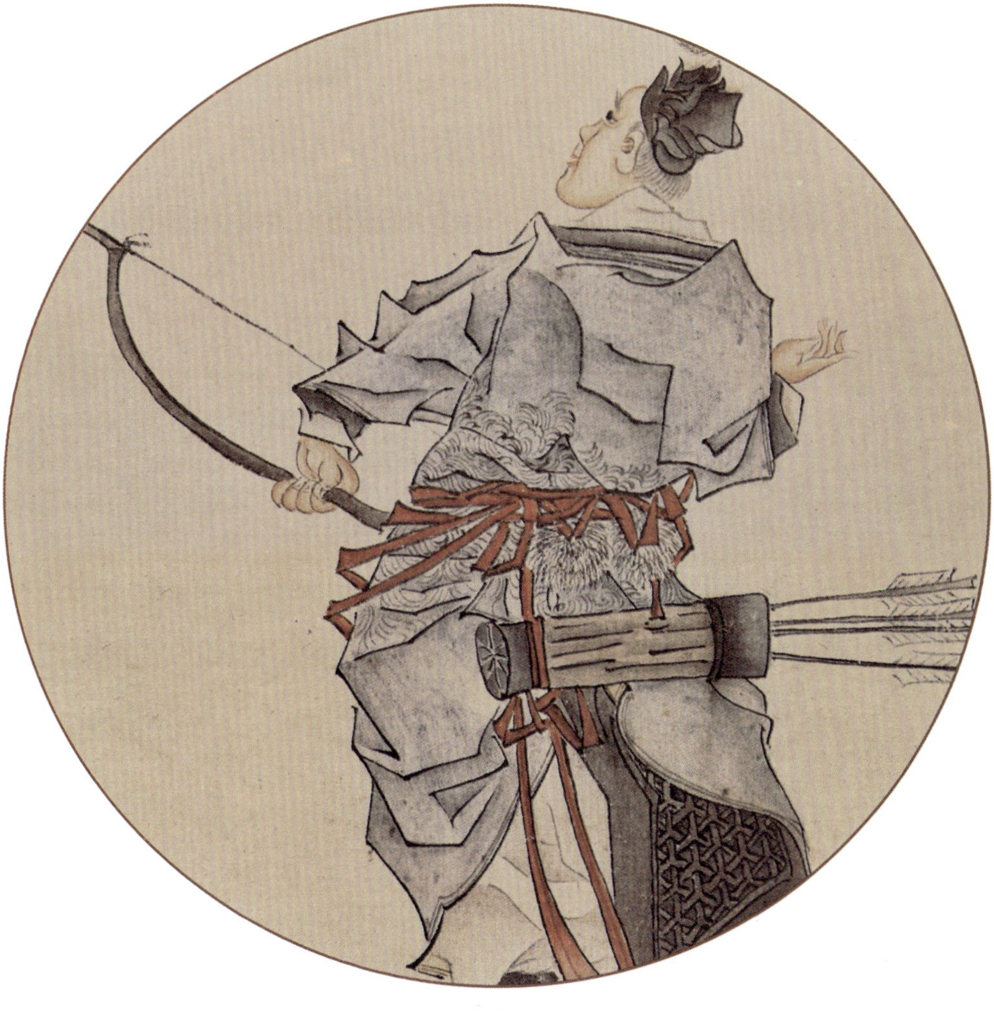

shí huī yín

石灰吟

［明］于　谦[1]

qiān chuí wàn záo chū shēn shān

千锤万凿[2]出深山[3]，

liè huǒ fén shāo ruò děng xián

烈火焚烧若等闲[4]。

fěn gǔ suì shēn quán bú pà

粉骨碎身全不怕，

yào liú qīng bái zài rén jiān

要留清白[5]在人间。

注释

❶ **于谦**（1398—1457），字廷益，号节庵，明代军事家、诗人。❷ **千锤万凿：** 千万次锤打开凿，形容开采石灰非常艰难。❸ **出深山：** 从深山中运出来。❹ **若等闲：** 好像很平常的事情。❺ **清白：** 石灰颜色纯洁雪白，这里象征高尚的节操。

译文

石灰经过千万次锤打才走出深山，把烈火焚烧看成很平常的事情。即使粉身碎骨也毫不惧怕，只要能将清白之躯留在人间。

赏析

这是一首托物言志的诗。诗人以石灰做比喻，通过描写石灰不怕火烧、不怕粉身碎骨的精神，表达自己为国尽忠、不怕牺牲的意愿和坚守高洁情操的决心。

忠义于公

于谦一生正直清廉，作为一代名臣，他也真正做到了如《石灰吟》所咏那样，为国为民，不惧奸邪。《明史》赞其“忠心义烈，与明争充”，后人将其与岳飞、张煌言并称“西湖三杰”。

tiān jìng shā · qiū sī
天净沙·秋思

[元] 马致远[1]

kū téng lǎo shù hūn yā
枯藤老树昏鸦[2]，

xiǎo qiáo liú shuǐ rén jiā
小桥流水人家，

gǔ dào xī fēng shòu mǎ
古道西风瘦马。

xī yáng xī xià
夕阳西下，

duàn cháng rén zài tiān yá
断肠人在天涯。

注释

❶ **马致远**（约1250—约1321），字千里，晚号东篱，与关汉卿、郑光祖、白朴并称“元曲四大家”，是我国元代时著名戏剧家、散曲家。❷ **昏鸦：** 黄昏时归巢的乌鸦。

译文

黄昏时，一群乌鸦落在枯藤缠绕的老树上，发出凄厉的哀鸣。小桥下流水哗哗作响，小桥边庄户人家炊烟袅袅。古道上一匹瘦马，顶着西风艰难地前行。夕阳渐渐地失去了光泽，从西边落下，只有孤独的旅人依旧漂泊在遥远的地方。

赏析

这是一篇悲秋的作品。此曲虽短，但言景很多，从“枯藤”“老树”到“西风”“瘦马”“夕阳”共十种之多，把出门在外旅人的惆怅之情衬托得淋漓尽致。

夕阳

夕阳无限好，可是夕阳又意味着美好短暂，即将逝去。它警示人们要懂得珍惜时光，不要蹉跎岁月，等到年近暮年才来后悔，以致好多事都没有来得及做。

渔家傲[1]·秋思

yú jiā ào qiū sī

[宋]范仲淹[2]

sài xià qiū lái fēng jǐng yì, héng yáng yàn qù wú liú yì.
塞[3]下秋来风景异，衡阳雁去[4]无留意。

sì miàn biān shēng lián jiǎo qǐ,
四面边声[5]连角起，

qiān zhàng lǐ, cháng yān luò rì gū chéng bì.
千嶂里，长烟落日孤城闭。

zhuó jiǔ yì bēi jiā wàn lǐ, yān rán wèi lè guī wú jì.
浊酒一杯家万里，燕然未勒[6]归无计。

qiāng guǎn yōu yōu shuāng mǎn dì,
羌管悠悠霜满地，

rén bú mèi, jiāng jūn bái fà zhēng fū lèi.
人不寐，将军白发征夫泪。

注释

❶ **渔家傲**：词牌名。❷ **范仲淹**（989—1052），字希文，北宋著名的政治家、思想家、军事家、文学家，世称“范文正公”。❸ **塞**：边界要塞之地，这里指西北边疆。❹ **衡阳雁去**：传说秋天北雁南飞，至湖南衡阳回雁峰而止，不再南飞。❺ **边声**：边塞特有的声音。❻ **燕然未勒**：指战事未平。

译文

秋天到了，西北边塞的风光和江南不同。大雁又飞回衡阳了，一点也没有停留之意。黄昏时，军中号角一吹，周围的边声也随之而起。层峦叠嶂里，暮霭沉沉，山衔落日，孤零零的城门紧闭。饮一杯浊酒，不由得想起万里之外的家乡，眼下战事未平，不能早作归计。悠扬的羌笛响起来了，天气寒冷，霜雪满地。夜深了，将士们都不能安睡。将军为操持军事，须发都变白了；战士们久戍边塞，也流下了伤心的眼泪。

赏析

这首边塞词既表现将军的英雄气概及征夫的艰苦生活，也暗寓对宋王朝的不满。爱国激情与浓重乡思，兼而有之，构成了将军与征夫思乡却又渴望建功立业的复杂而又矛盾的情绪。

羌管

羌管在羌语中称为“其篥(lì)”“士布里”或“帮”，是一种古老的民间竖吹乐器。据传为秦汉时古羌人发明，音色清脆高亢，流传于四川羌族地区。

诗词天地

古代诗人眼中的秋

天凉好个秋。翻翻唐诗宋词，让我们一起来看看诗人、词人是如何用优美的诗词来描绘秋天的美景，抒发他们的感怀的。

说到秋天，你最先想到的是怎样的风景？残荷、红叶、黄花……我们来看看诗人笔下秋天的风景：

离离暑云散，袅袅凉风起。池上秋又来，荷花半成子。

——唐·白居易《早秋曲江感怀》

白居易笔下的早秋，暑气散尽，凉风吹拂，一池秋水，半是荷花半是莲子，俨然一幅优美的早秋图。而品读他笔下的晚秋，亦如油画般出现在眼前：

地僻门深少送迎，披衣闲坐养幽情。秋庭不扫携藤杖，闲踏梧桐黄叶行。

——唐·白居易《晚秋闲居》

幽静的庭院，铺地的黄叶，披衣静坐的老人，间或携藤杖踱步。将晚秋的景和人物活动生动地展现了出来。

我们再来看另外一首：

清溪流过碧山头，空水澄鲜一色秋。隔断红尘三十里，白云红叶两悠悠。

——宋·程颢《秋月》

这首《秋月》，让我们不禁心生向往：郁郁葱葱的青山之中，清澈的小溪叮咚流淌，或者还能听到几声清脆的鸟鸣，路旁有红艳的枫叶，天上有洁白的云朵，漫步在一条铺着鹅卵石的路上，有皎洁的月光温柔相伴，十分惬意。

诗路小憩

诗词大会

一、从下面的十六宫格中各识别出一句古诗词。

发	家	马	征
酒	将	不	阴
势	军	万	夫
白	两	里	泪

明	白	度	月
气	高	秦	胡
在	时	相	清
时	关	汉	间

二、古诗接龙。（后一句中要包含前一句的最后一个字）

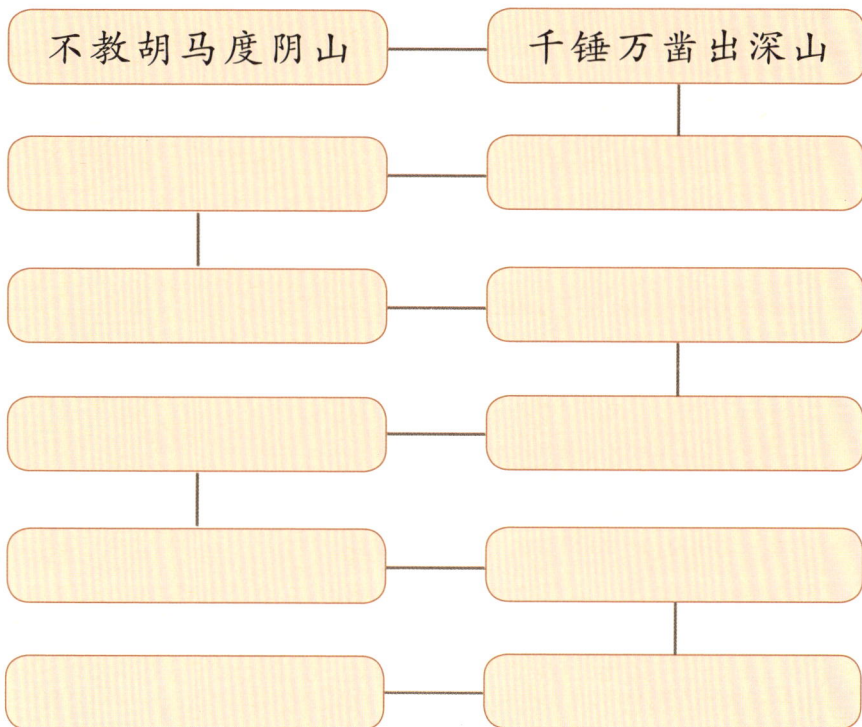

不教胡马度阴山 —— 千锤万凿出深山

图书在版编目（CIP）数据

一天一首古诗词．秋 / 夫子主编 .— 济南 ： 山东教育出版社，2019.6（2020.3 重印）

ISBN 978-7-5701-0636-3

Ⅰ．①一… Ⅱ．①夫… Ⅲ．①古典诗歌—诗集—中国—少儿读物 Ⅳ．① I222．72

中国版本图书馆 CIP 数据核字（2019）第 074494 号

YI TIAN YI SHOU GU SHICI QIU

一天一首古诗词　秋　　夫子　主编

主管单位：山东出版传媒股份有限公司
出版发行：山东教育出版社
地址：济南市纬一路 321 号　邮编：250001
电话：（0531）82092660　网址：www.sjs.com.cn
印　　刷：济南继东彩艺印刷有限公司
版　　次：2019 年 6 月第 1 版
印　　次：2020 年 3 月第 4 次印刷
开　　本：720 mm × 1020 mm　1/16
印　　张：10
印　　数：30001—40000
字　　数：150 千
书　　号：ISBN 978-7-5701-0636-3
定　　价：36.00 元

（如印装质量有问题，请与印刷厂联系调换）
印厂电话：0531-87160055